SVLTO

In Logroño, der spanischen Hauptstadt des Weins, sollen Santiago Malpás und ein gewisser F.R. mit ihrem Nissan ein »paar Kisten« abholen (darin befinden sich unter anderem: ein Haarföhn, ein Toaster und zwei Kanister Olivenöl) und sie zu einer ominösen Hütte bringen, wo sich ihr Freund, der reiche Winzer Modesto Cumba, verschanzt hat. Was den in vierter Ehe unglücklich verheirateten Cumba zu diesem außergewöhnlichen Schritt bewogen hat, enthüllt sich dem Leser parallel zum Konsum unzähliger Flaschen Rotwein, die da während der Autofahrt mitten in einem Schneesturm und später auch in Cumbas Hütte gepichelt werden – naiv wäre es zu denken, hier habe keine Frau ihre Hand im Spiel. Doch als die drei Freunde, die sich vor vielen Jahren bei einem tragischen Motorradunfall kennengelernt haben, in ihrer Hütte unerwartet Besuch erhalten, wird es für sie allmählich eng …

In Erinnerung an einen vorzüglichen Wein

Aus dem Spanischen von Timo Berger

Verlag Klaus Wagenbach   Berlin

Für Genoveva und Aurelio, natürlich,
mit all meiner Dankbarkeit
und Freundschaft

Inhalt

Ein erfreuliches,
aber erzwungenes Wiedersehen

»Hast du eine Ahnung, warum Modesto Cumba uns unbedingt jetzt sehen will und noch dazu an einem so ungewöhnlichen Ort?«, wollte Santiago wissen und riss dabei das Lenkrad herum, um einem Traktor auszuweichen, der plötzlich von einem Feldweg auf die Fahrbahn gebogen war.

Als F. R. den abrupten Richtungswechsel spürte, gab er ein gequältes Stöhnen von sich. Er war dabei überrascht worden, wie er etwas zwischen all den Sachen, die sie eben erst hinter den Sitzen verstaut hatten, suchte. Vor einer Weile hatten sie sich in Nájera getroffen, wohin es F. R. wegen eines Jobs verschlagen hatte. Da Santiago Malpás aus Barcelona kam und sie als Erstes nach Logroño mussten, wäre es logischer gewesen, sich direkt in der Stadt zu treffen. Doch Santiago Malpás kannte F. R.s unerschöpfliches Talent, sich ablenken zu lassen und Umwege einzuschlagen, weswegen er lieber bis nach Nájera fuhr, überzeugt davon, dass sie dadurch letztlich sogar Zeit gewannen. Nachdem sie ein paar Flaschen Wein gekauft hatten, weil F. R. es für undenkbar hielt, die Nationalstraße in Angriff zu nehmen, ohne entsprechend ausgerüstet zu sein, fuhren sie auf der N-111 Richtung Logroño, um dort, im Haus von Modesto Cumba, ein paar Pakete abzuholen.

»Wie bitte?«, hatte F. R. erstaunt gefragt, während sie sein Gepäck und die gerade gekauften Weinflaschen im Auto verstauten, und Santiago Malpás erzählte ihm von dem Auftrag, den sie in der Provinzhauptstadt erledigen sollten.

»Ein paar Pakete«, wiederholte der Verleger schulterzuckend. »Modesto hat wörtlich gesagt: ›Du und F. R. trefft euch dort, wo es euch am besten passt, dann fahrt ihr zu meinem Haus in Logroño, um ein paar Pakete abzuholen, die dort schon bereitstehen.‹ Mehr weiß ich auch nicht.«

Wenn sie erst einmal die Pakete – was auch immer darin sein mochte – ins Auto geladen hätten, sollten sie, so lautete der Auftrag weiter, nach Estella fahren und von dort in Richtung Sierra de Urbasa, wo Modesto Cumba eine Berghütte besaß, wie er sagte. Keiner der beiden wusste Näheres über diese Hütte. Nur einmal hatten sie gehört, wie er sagte: »Eigentlich ist es eine Schäferhütte, die ich vor Jahren gekauft habe, ohne mir recht darüber im Klaren zu sein, ob ich sie nutzen werde.«

Deswegen hatten sie auch nicht die geringste Ahnung, wohin die Reise gehen würde, sie wussten nur, dass sie in den unwegsamen und wilden Teil der Berge Navarras vordringen mussten. Was die ganze Sache noch erschwerte, war, dass sie auch den Grund für dieses ebenso dringende wie merkwürdige Treffen nicht kannten.

Als F. R. wieder seine gewohnte Sitzposition eingenommen hatte, hielt er eine der gerade gekauften Flaschen in der Hand.

»Wenn ich ehrlich sein soll«, sagte er, während er die Flasche vorsichtig neben sich auf den Sitz legte und den Korkenzieher, den er nach einer langwierigen Suche in einer Tasche seines Mantels gefunden hatte, in die Hand nahm, »ich habe keinen blassen Schimmer, was mit Modesto los ist. Ich konnte nicht einmal direkt mit ihm sprechen, weil er gestern in Nájera anrief, als ich gerade nicht da war. Und die Nachricht, die mir die Pensionswirtin bei meiner Rückkehr ausgerichtet hatte, dass du und ich uns heute treffen sollten, um gemeinsam zu einem mir unbekannten Ort in der Sierra de Urbasa zu fahren, kam mir so merkwürdig vor, dass ich ihn sofort zurückrief. Als Erstes versuchte ich es in seinem Haus in Logroño und dann in Fuenmayor, aber in der Weinkellerei war er auch nicht, und ich erreichte nur einen Herrn namens Herreros.«

»Der Schleimer …«

»Genau, dieser Sekretär mit dem Gehabe eines Pastors. Tut so, als sei er ein loyaler, verschwiegener Angestellter, und im selben Atemzug erzählt er dir Dinge, die von Vertraulichkeiten nur so strotzen. Er sagte, dass Don Modesto seit vierzehn Tagen nicht mehr zu Hause gewesen sei und sich ›an einem unbekannten Ort‹ aufhalte. Er wollte zwar nicht verraten, warum Modesto nicht da war, aber erklärte mir – auch ohne dass ich ihn danach gefragt hätte –, dass ›unter den gegebenen Umständen‹ die Abwesenheit des Besitzers für das Weingut eine ›weitere Erschwernis‹ darstelle, und dabei betonte er das Letzte ganz besonders.«

»Na ja, vielleicht meinte er damit ja nur die Weinlese«, wandte Santiago Malpás ein und wies mit einer offensichtlichen Geste auf die Weinberge rings um sie, die in vollem Saft standen und in denen Menschen sich über die Reben beugten oder große Körbe zu den aufgereihten Traktoren trugen und die Trauben auf den Anhänger kippten, der ganz vorne stand.

»So wie ich Modesto kenne«, antwortete F. R., »kannst du dir sicher sein, dass er die Weinernte bis ins kleinste Detail geplant hat, bevor er fortgegangen ist, sodass seine Arbeiter sie jetzt auch ohne seine Hilfe durchführen können.«

»Dann verstehe ich nicht, warum dieser

Schleimer behauptet, Modestos Abwesenheit stelle eine ›weitere Erschwernis‹ dar, womit er ja gleichzeitig zu verstehen gibt, dass es vor seinem Verschwinden schon andere Schwierigkeiten gab.«

»Verstehe ich auch nicht«, sagte F. R. wieder mit gepresster Stimme, weil sein Oberkörper fast vollständig vornübergeklappt war. Er hatte den Korkenzieher mit entschiedenen Drehungen des Handgelenks in den Korken getrieben und zog jetzt an ihm, während er die Flasche mit der anderen Hand festhielt und gegen den Fahrzeugboden drückte. Trotz des Motorenlärms war das verheißungsvolle Ploppen, das der Korken beim Verlassen des Flaschenhalses erzeugte, klar zu vernehmen.

»Ich will, dass du weißt, dass ich über keine weiteren Informationen verfüge«, fuhr F. R. fort, während er sich wieder aufrichtete, »aber es gibt da etwas, das mir, wenn ich jetzt darüber nachdenke, sehr bedeutsam erscheint. Vor ungefähr vierzehn Tagen rief mich Modesto in der Pension an und sprach mehr als eine halbe Stunde mit mir am Telefon. Ich hatte den Eindruck, dass er ohne einen bestimmten Anlass anrief und nur das eine oder andere mit mir bereden wollte. Was umso verwunderlicher ist, denn gleichzeitig kam er mir sehr niedergeschlagen vor, fast traurig, wage ich zu behaupten. Um genau zu sein, todtraurig.«

11

»Sonderbar. Ich kann mir nicht vorstellen, dass der Modesto, den ich kenne, auf einmal sein Herz ausschüttet, wenn er bedrückt ist. Und schon gar nicht am Telefon.«

»Das hat er auch nicht gemacht«, betonte F. R., während er wieder nach etwas suchte, diesmal in einem prall gefüllten Hirtenbeutel, den er wie gewöhnlich an einem Riemen über der Schulter trug, »er sprach die ganze Zeit von einem Weinberg in der Nähe von Briones, der offensichtlich enteignet werden soll, um dort eine Abzweigung der Nationalstraße 232 zu bauen.«

In Erinnerung
an einen vorzüglichen Wein

Als F. R. den Weinberg, der enteignet werden sollte, erwähnte, schüttelte Santiago Malpás mehrmals den Kopf. Er kannte die Geschichte des Weinbergs und wusste auch, dass es sich nicht um irgendeines der vielen Landgüter der Familie handelte, sondern um das, das Don Máximo Cumba selbst bepflanzt hatte, nachdem er von seiner unglaublichen Reise nach Griechenland zurückgekehrt war. Das Außergewöhnliche dieser Reise bestand darin, betonte sein

Sohn Modesto gern, wenn er Gästen die Geschichte dieser Reise erzählte, dass der Patriarch der Cumbas ein Mann war, der sich sein ganzes Leben damit rühmte, Logroño nie verlassen zu haben.

»Niemals«, sagte er, um jede Diskussion im Keim zu ersticken. »Nicht einmal, um nach Bilbao zu fahren«, stellte er klar, so als würde es sich dabei um die wahnwitzigste Reise handeln, die man sich vorstellen konnte, die man aber – wie alle aus irgendeinem Grund glaubten – wenigstens einmal im Leben gemacht haben müsse.

Deswegen war seine Familie auch vollkommen verblüfft gewesen, als er plötzlich seine Absicht, nach Griechenland zu fahren, verkündete.

Griechenland? Seine Töchter, Schwiegersöhne und engsten Mitarbeiter blickten sich ungläubig an, als sie die Nachricht erfuhren. Hätten sie sich vorstellen sollen, wohin die erste Reise im Leben des Patriarchen der Cumbas führen würde, hätte niemand auf Griechenland getippt. Dann schon eher auf Chile, denn dort hielt sich gerade Máximo González Cumba auf, der älteste Sohn seiner Tochter Conchita und von all den Enkeln unbestreitbar sein Liebling, schließlich war er der Erstgeborene. Máximo II., wie er zu Hause genannt wurde, war als Vorposten der Familie in Südamerika, und es war geplant, dass ihm, sobald er

seine wirtschaftliche Situation durch den
Erwerb von Weinbergen und Kellereien ge-
festigt hätte, seine Cousins und Cousinen
zur Hand gehen sollten, um die Ausweitung
des Weinimperiums der Cumba auf den
internationalen Märkten voranzutreiben.
Nach Chile zu fliegen und die Erwerbun-
gen, die der Enkel getätigt hatte, in Augen-
schein zu nehmen und dessen übrigen Ent-
scheidungen seinen Segen zu geben, hätte
allen eingeleuchtet. Und wenn nicht auf
Chile, sagten die erstaunten Angehörigen
und Mitarbeiter von Don Máximo, hätten
sie vielleicht auf Kalifornien gewettet, da
das Renommee der dort angebauten Weine
stetig größer wurde. Aber Griechenland?

Don Máximo Cumba hielt an seiner Ent-
scheidung fest. Er hatte gelesen, dass ein
Fluss die Grenze dieses Landes zur Türkei
bildete, der Evros genannt wurde, also »wie
unser Ebro, nur griechisch ausgesprochen«,
sagte er zu seinen immer fassungsloseren
Gesprächspartnern.

»Ich schaue ihn mir an«, fuhr er fort,
»auch wenn ich mir sicher bin, dass man
diesen Fluss mit unserem in keiner Weise
vergleichen kann.«

Der Wortkargheit, die er nach der Rückkehr von der ersten und einzigen Reise seines Lebens an den Tag legte, nach zu schließen, hatten Don Máximo in der Tat weder
der Fluss noch das Land oder die Reise an

sich übermäßig beeindruckt, außer vielleicht der Wein, der dort erzeugt wurde. Immerhin brachte er im Flugzeug ein Bündel Weinreben mit, die er dann auf dem Gut in der Nähe von Briones einpflanzte, das jetzt kurz vor der Enteignung stand.

»Von all unseren Ländereien lag dieser Weinberg dem Ebro am nächsten, und mein Vater wählte ihn aus genau diesem Grund aus: Er wollte, dass die Reben sich vom ersten Moment an wie zu Hause fühlten«, pflegte Modesto Cumba am Ende seiner Ausführungen zu sagen, während er eine der geschätzten Flaschen »Evrotas« für seine Gäste entkorkte.

»Die ehrlich gesagt nichts Besonderes waren«, dachte Santiago Malpás laut und unterstrich dies durch eine Geste, mit der er sich selbst Recht zu geben schien, »aber gerade weil von diesem Weinberg ein Wein mit zwar kuriosem Ursprung, aber ziemlich mittelmäßigem Geschmack stammt, glaube ich nicht, dass es einen bedeutenden Grund dafür gibt, sich wegen der Enteignung so niedergeschlagen zu fühlen.«

»Das habe ich auch gedacht«, pflichtete ihm F. R. bei. Kurz zuvor, als ihm Santiago Malpás die Geschichte, an die er sich nur schemenhaft erinnern konnte – Modesto hatte sie ihm einmal selbst erzählt –, wieder ins Gedächtnis rief, hatte er in den Tiefen seines Beutels endlich gefunden, wonach er

suchte: ein Glas, das von Weinstein gespren-
kelt war wie eine Felsentaube. Nachdem er
es mit einem Spritzer neuen Weins, den er
gekonnt am Boden des Glases schwenkte,
ausgewaschen und diesen dann aus dem
Fenster geschüttet hatte, schenkte er sich
das Glas zu etwas mehr als einem Drittel
voll, roch mit Hingabe daran, kippte es mit
einer Handbewegung und ließ die Flüssig-
keit auf diese Weise langsam seine Kehle
hinunterrinnen. Dann nickte er zufrieden.

»Als ich den Wein im Supermarkt von Nájera gesehen habe, habe ich dir sofort gesagt:
›Ich glaube, den habe ich schon mal getrunken.‹ Und jetzt kann ich es bestätigen:
Im Abgang hat er diese unverwechselbare
Brombeernote. Du wirst sie gleich selbst
herausschmecken.«

»Das eigentlich Unverwechselbare an
dem Wein ist der Name«, entgegnete Santiago Malpás, ohne den Blick von der Straße
abzuwenden, und streckte seinen Arm zur
Flasche hin aus, um F. R. dazu zu bringen,
sie so weit zu drehen, bis beide das Etikett
vor Augen hatten. »Und wenn ich mich recht
entsinne, haben wir diesen Wein zum ersten
Mal auf der Messe in Logroño getrunken,
wo wir, ohne ihn vorher probiert zu haben,
ein halbes Dutzend Flaschen davon kauf-
ten – mit dem haarsträubenden, aber im
Nachhinein sehr treffenden Argument, dass
ein Winzer, der es sich traut, einen Wein mit

dem Namen ›Chulato‹* auf den Markt zu bringen, das nur macht, weil er überzeugt ist, dass es sich dabei um einen wirklich köstlichen Nektar handelt. Erinnerst du dich?«

»Darauf kannst du Gift nehmen. Und da du es eben selbst erwähnt hast, wirst du dich auch erinnern, dass wir zehn Minuten später an den Stand zurückkehrten, um noch ein halbes Dutzend Flaschen zu kaufen, nur um das Vergnügen zu haben, mit der Tochter des Winzers zu sprechen, eine wahre Göttin, die uns so um den Verstand gebracht hat, dass sie uns, wenn sie denn gewollt hätte, das übelste Gesöff hätte andrehen können – solange es nur in Flaschen abgefüllt gewesen wäre«, bekräftigte F. R. und betrachtete mit nostalgischem Blick das schreiend blaue Etikett, auf dem tatsächlich in großen diagonal gesetzten Buchstaben ›Chulato‹ stand.

Und es war just in diesem Moment, in dem sie ihre außergewöhnliche Wiederbegegnung mit einem außergewöhnlichen Wein feierten und sich mit der prickelnden Erinnerung an jene Göttin gegenseitig eine Freude machten, als sie beschlossen, sich noch eine Zigarre zu gönnen. Unglaublich. Denn theoretisch hatten beide mit dem Rauchen aufgehört, aber jedes Mal, wenn

---

* Im Spanischen bedeutet ›chulo‹ umgangssprachlich so viel wie ›toll‹ oder ›geil‹. Den Wein gibt es tatsächlich; allerdings geht sein Name vielmehr auf den Weinberg zurück, der genauso heißt: Chulato. (A.d.Ü.)

ihnen das Leben einen außergewöhnlichen Moment bescherte, hatte einer der beiden wie zufällig eine Schachtel Zigarren in der Tasche, die sie genüsslich aufrauchten. Es stellte sich die Frage, ob sie entweder zwei nicht sehr geistreiche Menschen waren, denen alles wie ein wunderbares, einer Feier würdiges Geschenk vorkam, oder ob ihr Leben tatsächlich so spannend und voller außergewöhnlicher Momente war. Aus dem einen oder anderen Grund verbrachten sie ihr Leben damit, miteinander anzustoßen und das Gläschen Wein mit einer guten Zigarre abzurunden.

»Nimm eine von denen hier, mein Freund, Gott wird schon nichts dagegen haben«, sagte Santiago Malpás, während er eine Schachtel Flor de Camagüey-Zigarren aus der Tasche seiner Lederjacke fischte.

Nachdem er zwei ausgewählt hatte, steckte F. R. sie mit dem Zigarettenanzünder des Wagens an, klemmte sich die erste zwischen die Lippen und reichte die zweite Santiago Malpás. Anschließend füllte er das Glas bis obenhin mit dem Nektar der Göttin, trank es in einem Zug halbleer und bot dem Fahrer den Rest an.

»Mm, lecker«, rief Santiago Malpás aus, als er die ihm zustehende Hälfte hinuntergekippt hatte. »Und du hast Recht mit der Brombeernote, aber ich denke, diesem Wein würde etwas mehr Kühlung guttun.«

»Es wird nicht lange dauern, bis er so kalt ist, wie du es magst, fürchte ich«, sagte F. R. und wies auf die dichten tiefschwarzen Wolken, die sich am Horizont zusammenzogen. Sie näherten sich ihnen schräg von der linken Seite und schienen direkt zur Sierra de Urbasa weiterzuziehen. Ihr Aussehen ließ darauf schließen, dass sie möglicherweise sogar Schnee brächten. Aber was konnte man schon sicher sagen? In diesem Jahr schien der Herbst mit reichlicher Verspätung anzubrechen. Obwohl der September weit vorangeschritten war, hatte sich die kalte Jahreszeit bislang noch nicht angekündigt, ein Grund, warum es eher unwahrscheinlich war, dass diese Wolken Schnee bringen würden. Aber zweifellos sahen sie äußerst bedrohlich aus.

Im Moment war jedoch das Wichtigste, dass dieser merkwürdige ›Chulato‹ ihnen wunderbar in die Kehlen lief. Und während sie sich Logroño wie zwei Könige näherten, zogen sie mit großer Lust an ihren Zigarren und ließen weder von der Flasche ab, noch davon, weiter über den Grund für das ungewöhnliche Verhalten ihres gemeinsamen Freundes Modesto Cumba zu spekulieren.

Kurze Geschichte einer Verwirrung

Auch Santiago Malpás verfügte über keine verlässlichen Informationen, zumindest über keine, die es erlaubt hätten, die gegenwärtige missliche Lage von Modesto Cumba auf einer sicheren Grundlage zu beurteilen. Und das, obwohl auch er gestern Morgen von ihm angerufen und mehr als eine halbe Stunde am Telefon in Beschlag genommen worden war.

Als er am frühen Morgen ins Büro kam, klebte am Rand seines Bildschirms ein Zettel seiner Sekretärin, auf dem Folgendes stand:

Guten Morgen, Santiago.

Die von Reprograf haben angerufen, die zweiten Fahnen der Abhandlung über Hydraulik sind fertig. Ich bin los, um sie abzuholen.

Außerdem hat Ihr Freund Modesto Cumba angerufen. Er meinte aber, Sie brauchen ihn nicht zurückzurufen, weil er weder in Logroño noch in seiner Kellerei ist. Er meldet sich wieder.

Marga

PS: In der kleinen Thermoskanne ist frischer Kaffee.

Und tatsächlich blieb ihm kaum Zeit, sich die Lederjacke auszuziehen, einen Kaffee einzuschenken und daran zu nippen, während er die Aufgaben des Tages plante, da rief Modesto auch schon wieder an. Nicht anders als F. R. hatte auch Santiago Malpás den Eindruck, dass Modesto ziemlich niedergeschlagen klang. Vielleicht sogar sehr traurig. Dennoch war Santiago Malpás in erster Linie überrascht. Dass sie sich treffen sollten, um danach gemeinsam weiterzuziehen und schließlich zu dritt an irgendeinem mehr oder weniger hirnverbrannten Ort zusammenzukommen, war unter ihnen ein relativ geläufiger Vorschlag und fiel deshalb in den Bereich des Normalen. Was ihn überraschte, war Modestos herrische Art, die man fast tyrannisch, in jedem Fall unnachgiebig nennen könnte. Und da dieser aggressive Unterton so gar nicht zu ihrem normalen Umgang passte, ärgerte sich Santiago Malpás im Stillen, und sehr wahrscheinlich nahm er auch deswegen für den Rest des Telefongesprächs eine derart abweisende Haltung ein.

»Aber Modesto, wie stellst du dir das vor? Wie sollen wir uns denn heute alle drei treffen? F. R. ist wegen der Arbeit in Nájera, ich in Barcelona und du in Urbasa. Wenn ich F. R. in Nájera abhole und deinen Auftrag in Logroño erledige und dann weiterfahre, erreiche ich deine Berghütte unmöglich vor drei oder vier Uhr in der Nacht.«

Diese Argumentation enthielt eine Reihe von Unannehmlichkeiten für Modesto Cumba, doch er musste eingestehen, dass Santiago Malpás Recht hatte.

»Und wenn es nur das wäre ...«, fuhr dieser fort und verfiel dabei in den unverkennbaren Tonfall des in ihm steckenden feinen Herrn Verlegers, »... meine Sekretärin, die den Überblick über meine Termine hat, ist gerade nicht da, und bevor sie nicht wieder zurück ist, kann ich dir nicht sagen, ob ich überhaupt zu diesem Treffen kommen kann, das du vorschlägst.«

Modesto hörte sich Santiago Malpás' Einwände schweigend an. Er wagte es nicht, einen einzigen von ihnen zu widerlegen, bestand aber darauf, dass, wenn ein Treffen heute schon nicht möglich sei, es zumindest morgen stattfinden müsse.

»Ich weiß, dass du ein sehr beschäftigter Mann bist und es hasst, deine Verabredungen nicht einzuhalten«, hatte Modesto immer aufgeregter gesagt, bis er am Ende fast schrie. »Aber gerade, weil ich mir sehr darüber im Klaren bin, wage ich es, darauf zu bestehen, dass wir drei uns so schnell wie möglich sehen müssen. Und wenn ich so inständig darum bitte, wird das seine Gründe haben, meinst du nicht?«

So wie jedes Mal, wenn er merkte, dass ein Gespräch sich in die Länge ziehen würde, hatte sich Santiago Malpás schon vor einer Weile, ohne den Hörer wegzulegen, mit dem Bürosessel gedreht und wischte nun hingebungsvoll mit einem Lappen winzige Staubflusen weg, die sich möglicherweise auf seiner aufgebockten BMW 900 befanden. Wer ihn kannte, wusste, dass es sich bei dem Motorrad um seine letzte und liebste Erwerbung handelte. Und er wusste auch, dass die fein säuberlich an die Wand gehängten Werkzeuge dieselben waren, mit denen er Jahre zuvor einen Motor in alle Einzelteile zerlegen konnte, wenn er die Ursache für ein auffälliges Geräusch suchte, das anzeigte, dass etwas nicht so funktionierte, wie es sollte.

Als hätte man ihn bei einer Handlung erwischt, die sein Gegenüber beleidigt, ließ er, als Modesto Cumba sagte, dass man sich äußerst dringend treffen müsse, hastig den Lappen fallen und drehte sich erneut mit dem Sessel, sodass er wieder auf den Tisch und den edel ausgestatteten Teil seines Büros blickte: Gediegene Chester-Sessel standen vor einer bleigefassten Glasscheibe, eingerahmt von Regalen, in denen er einzelne Exemplare der Bücher aufbewahrte, die in seiner Werkstatt gedruckt worden waren. Dort standen sie, vom *Stundenbuch des Herzogs von Berry* (sein erster Faksimile-Druck, luxuriös gebunden in australisches Merinoleder) bis hin zu der Lücke, die in wenigen Tagen eine großzügig illustrier-

te Abhandlung mit dem Titel *Wasserräder,*
Walken und andere hydraulische Erfindun-
gen der Araber im Jalón-Tal füllen würde.
Die Fahnen dieser Abhandlung holte seine
Sekretärin gerade vom Lithographen ab.

»Du kannst dir vorstellen, dass ich ihn gedrängt habe, mir wenigstens ansatzweise zu
erklären, warum er es so eilig hat«, fuhr Santiago Malpás fort, während er eine Kolonne
von mindestens sieben Traktoren überholte,
die mit leeren Anhängern in die Weinberge
zurückkehrten. »Aber er wollte das partout
nicht am Telefon besprechen und hat darauf beharrt, dass wir viel besser mit einem
Glas in der Hand und überhaupt zu dritt
darüber reden sollten. Statt mir im Guten
zu sagen, was mit ihm los war, hat er mich
weiter bedrängt und ist vom Schreien ins
Weinen verfallen, ohne sich wieder einkrie-
gen zu können.

F. R., der Santiago Malpás' Erzählung nun
doch seine ganze Aufmerksamkeit gewid-
met hatte, zuckte resigniert mit den Schultern.«

»Keine Ahnung, wo wir auf den Kerl stoßen werden«, sagte er und hielt die Flasche
gegen die Sonne. Als er feststellte, dass sie
die erste der zwölf in dem Supermarkt in
Nájera gekauften Flaschen bereits geleert
hatten, zuckte er ein zweites Mal resigniert
mit den Schultern.

24

Wie man sein Motorrad nur mit einem Lappen und viel Geduld blitzblank putzt

Mehrere Jahre vorher, als Chema Salinas mit einer Ducati 900 SS auf der N-232 in der Nähe von Logroño tragisch verunglückte, hatte Santiago Malpás eine düstere, leidvolle Zeit durchgemacht. Einen Ersatz für seinen Freund und Motorradkumpel seit Urzeiten zu suchen, wäre ihm wie eine Beleidigung der Erinnerung an Chema vorgekommen. Oder, schlimmer noch, so absurd, wie so zu tun, als ob nichts geschehen wäre, und dieselben Reisen wie vorher zu unternehmen, nur jetzt allein.

Hin und wieder dachte er auch über sein Motorrad nach: Obwohl er wusste, dass er sein Leben lang keine Lust mehr verspüren würde, auf die BMW zu steigen, brachte er es einfach nicht übers Herz, sich von ihr zu trennen. Sie zu verkaufen, würde bedeuten, dass sie in die Hände eines Grobmotorikers geraten könnte. Der bloße Gedanke, sie sich schmutzig oder verrostet vorzustellen, mit Draht und sonst welchen Ersatzteilen geflickt, war für ihn genauso qualvoll, wie sie eigenhändig zu einem Schrottplatz zu bringen und persönlich darüber zu wachen, wie die Metallpresse sie auf die Größe einer Keksdose zusammendrückte. Nachdem er einige Wochen lang hin und her überlegt hatte, entschloss er sich dazu, sie hinter seinem Schreibtisch aufzustellen, wo sie bis zum heutigen Tag mit vollem Tank, aufgeladener Batterie und prallen Reifen stand und obendrein makellos glänzte, hatte er es sich doch angewöhnt, jedes Mal den Staub von ihr zu wischen, wenn er einen langatmigen Autor oder einen herumdrucksenden Kunden an der Strippe hatte.

Aber es waren F. R. und Modesto Cumba, die ihn damals wirklich aus seiner Krise herausholten. Beide hatten miterlebt, wie Santiago Malpás in den Tagen nach dem brutalen Verschwinden seines Freundes unter einem Gefühl der Ohnmacht und der Bestürzung litt. Und beide schworen, ihn nicht traurig und hoffnungslos seinem Schicksal zu überlassen. Eine sehr noble Geste, denn letztlich hatten sich die drei erst im Zuge der leidvollen Ereignisse, die ihren Ursprung im Tod des verunglückten Motorradfahrers hatten, kennengelernt, ihre Freundschaft war also noch sehr jung. Dennoch beschlossen F. R. und Modesto Cumba, gemeinsam die Aufgabe zu übernehmen, für Santiago Malpás Reisen zu organisieren, die weder den vorherigen nacheifern noch sie überbieten wollten, sondern allein dem Zweck dienten, ihn zu zwingen, Barcelona zu verlassen und ihn dazu zu bringen, aus sich selbst und seinem Labyrinth herauszukommen.

In der ersten Zeit, in der er weder mit dem Motorrad noch einem anderen Fahrzeug, das dieses ersetzen würde, reiste, lernte Santiago Malpás die Besonderheiten des nationalen Bahnnetzes und die Willkür der regionalen und lokalen Busverbindungen bis zum Überdruss kennen. Da er Motorradfahrer war, fast seitdem er laufen konnte, stellten Autos für ihn lediglich gefährliche Hindernisse dar, die in Herden und mit Höchstgeschwindigkeit über die Straßen bretterten und vor denen man sich so sehr in Acht nehmen musste, als übertrügen sie die Pest.

In den Monaten, die mit viel Warterei und Verspätungen verstrichen, kam ihm daher nie in den Sinn, ein Auto zu kaufen und das zu werden, was in der Motorradsprache »Kutscher« genannt wird. Bis er eines Tages in Cabezón de la Sal auf dem Weg zur Haltestelle, an der er in den Reisebus nach Barcelona steigen wollte, am Straßenrand einen metallic-blau lackierten Nissan Patrol entdeckte. Laut einem von innen an die Scheibe geklebten Zettel hatte der Wagen bereits 102.765 Kilometer auf dem Buckel – doch was war das schon für einen 6-Zylinder-Dieselmotor mit 3.600 Kubikzentimetern Hubraum! Obwohl der Nissan offensichtlich nicht mehr der Jüngste war, schienen das Wageninnere und -äußere ebenso tadellos, wie der Preis, den sein Besitzer für ihn verlangte, unanständig hoch war. Santiago Malpás rief die Telefonnummer auf dem Zettel an, und noch beim Wählen nahm er sich fest vor, auf keinen Fall nachzugeben und die geforderte hanebüchene Summe für das Fahrzeug zu bezahlen. Aber jetzt, da er das Auto gesehen hatte, wusste er auch, dass er sich dem staatlichen Eisenbahnunternehmen RENFE nie wieder ausliefern könnte, aus demselben Grund, wie es für ihn undenkbar geworden war, freiwillig in einen Reisebus zu steigen. Was dazu führte, dass er den unverschämten Preis, den der nette Besitzer für den Patrol verlangte, am Ende anstandslos beglich.

Neue Mutmaßungen auf Grundlage sich widersprechender Fakten

Als sie Logroño erreichten, schien es so, als hätte im Haus von Modesto Cumba jemand auf die Ankunft der vom Besitzer geschickten Boten gewartet, denn es genügte, dass sich der metallic-blaue Nissan dem Anwesen näherte, schon ging ein riesiges Tor, das früher Pferdekutschen als Einfahrt gedient hatte, sperrangelweit auf, und aus dem Herrenhaus kamen drei schweigsame, gehetzt wirkende Männer, die riesige, schwere,

in Decken geschlagene und sorgfältig ver-
schnürte Pakete trugen.

»Darf ich erfahren, was Sie da machen?«,
fragte Santiago Malpás besorgt, weil die
Männer ihm nicht einmal Zeit ließen, den
Motor abzustellen, und schon versuchten,
den Kofferraum zu öffnen, offensichtlich in
der Absicht, die Pakete so schnell wie möglich darin zu verstauen.

»Don Modesto hat uns Bescheid gegeben,
dass Sie kommen werden, um sie abzuholen«, rechtfertigte sich derjenige der drei,
der am meisten Autorität zu haben schien,
und fügte kritisch hinzu: »Es wäre natürlich
praktischer gewesen, wenn Sie mit einem
Lieferwagen gekommen wären. Ich weiß ja
nicht, ob Sie wissen, dass sich da drinnen
Wertgegenstände befinden, die man nicht
einfach so transportieren kann.«

F. R. begriff schnell, dass sich die Sache
in die Länge ziehen würde, und ging zu einem Papierkorb, um die leere Flasche weg-
zuwerfen. Auf dem Weg beschloss er, die
Gelegenheit zu nutzen und sich ein wenig
die Beine zu vertreten. Er kannte Santiago
Malpás und wusste, dass dieser manisch
darüber wachen würde, dass der Stauraum
des Wagens so gut wie möglich ausgenutzt
würde. Und genau deswegen war der Kon-
flikt mit den drei Trägern vorprogrammiert,
denn diese hatten es allem Anschein nach
so eilig, als begingen sie gerade eine Straftat,

wobei sie ab und zu sogar verstohlen über die Schulter zum Haus blickten.

Als F. R. von seinem Spaziergang zurückkehrte, konnte er feststellen, dass im Geländewagen und drum herum immer noch ein einziges Chaos herrschte. Da der Kofferraum schon mit zwei der drei größeren Pakete vollständig ausgefüllt war, war es offenbar notwendig gewesen, das Ersatzrad, den großen Korb mit der Überlebensausrüstung, das aufblasbare Schlauchboot samt Motor, den Benzinkanister und die Ruder auf den Dachgepäckträger zu hieven. Mit Blick auf den drohenden Wetterumschwung, die ausgedehnte Wolkenfront, die bereits einen großen Teil von La Rioja zu bedecken schien, hatte es Santiago Malpás zudem für nötig erachtet, alles mit einer sorgsam befestigten und von Gepäckspinnen gehaltenen Plane zu schützen. Die Taschen mit den persönlichen Habseligkeiten der Reisenden und die Weinkisten aus dem Supermarkt in Nájera waren hinter den Vordersitzen verstaut. Nun versuchten die Träger unter der Anleitung von Santiago Malpás das dritte und letzte Paket einzuladen. Zwei von ihnen schoben es von hinten in den Wagen, während der dritte, auf dem Beifahrersitz kniend, mit all seiner Kraft daran zog.

Irgendwann löste sich wegen des ganzen Geschiebes und Gezerres eine um die Decke geknotete Schnur und gab den Blick frei auf ein paar Bücher, Konservendosen, zwei Fünf-Liter-Ölkaraffen, eine Schreibtischlampe, einen Toaster, eine Supermarkttüte voller Wollsocken, einen Föhn und vieles andere mehr. Die Gegenstände, die weiter unten im Paket lagen, waren schwer zu erkennen.

Während die Bediensteten sich beeilten, die Decke wieder richtig darüberzuziehen und die Schnur, mit der sie festgehalten wurde, zu verknoten, betrachtete F. R. Santiago Malpás aus dem Augenwinkel, so als würde er sich versichern wollen, dass dieser dasselbe wie er gesehen hatte, sagte aber nichts, denn in diesem Moment erregte eine flüchtige Bewegung an Modesto Cumbas Haus seine Aufmerksamkeit. F. R. hob den Blick bis zum Hauptgeschoss und sah gerade noch, wie eine Frau mit schwarzem Haar, das im Nacken zu einem dichten Zopf gebunden war und ein milchkaffeebraunes Gesicht umgab, jäh vom Fenster zurückwich und die Vorhänge zuzog. »Meine kubanische Frau«, dachte F. R. kurz, womit er sich, ohne es zu merken, über Modesto Cumba lustig machte, der sie selbst so nannte, wenn er – selten genug – von ihr sprach. Nur ein einziges Mal hatte F. R. gehört, wie er sie bei ihrem Vornamen María Magdalena nannte.

Als er bemerkte, dass Santiago Malpás, obwohl dieser noch über die letzten Handgriffe beim Einladen des Gepäcks wachte, ebenfalls kurz aufgeblickt hatte, zischte F. R. ihm zu:

»Hast du auch den Eindruck gehabt, Modestos Frau zu sehen?«

»Ich könnte darauf wetten. So unfreundlich, wie sie ist, wundert es mich aber auch nicht, dass sie uns nicht gegrüßt hat«, antwortete Santiago Malpás leise.

Wenn sie ehrlich sein sollten, herrschte zwischen ihnen von Anfang an eine gegenseitige und völlig unbegründete Abneigung. Es stimmte zwar, dass weder F. R. noch Santiago Malpás jemals ein übermäßiges Interesse gezeigt hätten, sie kennenzulernen, aber es stimmte genauso, dass auch sie nicht die geringste Anstrengung unternommen hatte, um ihnen näherzukommen. Modesto seinerseits kannte die Gefühle beider Parteien, aber auch er schien nicht viel Wert darauf zu legen, eine Begegnung herbeizuführen, nach der sich alle endlich als einander offiziell vorgestellt hätten fühlen und die nervige Situation des Nichtgrüßens hinter sich lassen können.

Wenn einer der beiden in Logroño anrief und nach Modesto fragte und sie am Telefon war, stellte sie sich nicht vor und gab auch nicht zu erkennen, dass ihr der Anrufer nicht fremd war, dennoch konnte es durchaus vorkommen, dass man sie laut sagen hörte: »Modesto, da ruft ein Freund von dir an«.

F. R. wollte etwas hinzufügen, aber Santiago Malpás wies ihn mit einer Geste auf die Bediensteten hin, die, nachdem sie die Ladung angemessen verstaut hatten, nun angekommen waren, um sich zu verabschieden und letzte Anweisungen zu geben.

»Wenn ihr die Pakete ausladet und es stark regnet, achtet darauf, dass die Decken nicht zu nass werden, denn sonst könnte der Inhalt beschädigt werden«, sagte derjenige, der das Sagen zu haben schien, während er ihnen die Hand hinstreckte. Die anderen, die ein paar Schritte hinter ihm standen, deuteten lediglich einen kurzen Gruß an, dann drehten sich alle drei um und kehrten eilig zu dem kleinen Herrenhaus zurück.

Die Geburt einer Freundschaft in schwierigen Zeiten

Auch wenn normalerweise niemand der drei darüber sprach, hatten F. R., Modesto Cumba und Santiago Malpás sich ausgerechnet in Logroño, wenn auch unter ziemlich tragischen Umständen, angefreundet. Am Morgen des Tages, an dem sie sich im Krankenhauskomplex San Millán y San Pedro in Logroño kennenlernen sollten, fuhren Santiago Malpás und sein unzertrennlicher Motorradkumpel auf der N-232 Richtung Logroño, Saragossa und Barcelona. Im Gegensatz zu Santiago Malpás, der gern schnell fuhr, es aber vermied, unnötige Risiken einzugehen, hatte es sich Chema Salinas zur Gewohnheit gemacht, mit einer fast unmöglichen Geschwindigkeit zu rasen. Seine Freunde nannten ihn »Lucky«, weil niemand verstand, wie er bei seinem waghalsigen Fahrstil sechsunddreißig Jahre alt werden konnte, ohne eine einzige Schramme abbekommen zu haben. Doch trotz dieser stilistischen Unterschiede war es ihnen nach so vielen gemeinsamen Jahren und Kilometern gelungen, ihre jeweiligen Geschwindigkeiten und ihre Art, die Straße zu ›lesen‹, anzupassen, und so fuhren sie zusammen meist so, als würden sie aneinanderkleben.

An jenem Tag jedoch verwandelte sich das Scheppern der Ventile der BMW, das vor einigen Kilometern eingesetzt hatte, auf der Höhe von Pancorbo in ein derart besorgniserregendes Klopfen, dass Santiago Malpás zu Chema auffuhr und ihm mit Zeichen zu verstehen gab, dass er an der nächsten Tankstelle halten sollte. Dort sagte er zu ihm:

»Ich weiß, du hast es eilig, weil du heute Abend wieder zu Hause sein willst, aber ich kann nicht weiter, ohne die Ventile zu richten. Vielleicht fährst du besser alleine weiter und wartest nicht auf mich. Wir sehen uns morgen wieder oder demnächst in Barcelona.«

»Bist du sicher? Wenn ich dir helfe, die Stößel einzustellen, sind wir vielleicht schneller fertig.«

»Das glaube ich nicht. Womöglich ist sogar eine Feder kaputt, und dann müsste ich deswegen bis Montag in Miranda de Ebro bleiben und dort eine BMW-Werkstatt suchen, falls ich nicht sogar bis nach Vitoria oder Logroño muss.«

»Alles klar. Viel Glück. Ruf mich an, wenn du zu Hause bist.«

Später sollte Santiago Malpás bedauern, dass dies die letzten Worte waren, die sie gewechselt hatten.

Landstraßen gleichen geheimnisvollen Nachrichtensendern, besonders wenn es sich um Unglücksmeldungen handelt. Wenige Stunden später – Santiago Malpás saß immer noch an der Tankstelle in der Nähe von Pancorbo fest – hatte ihn die Nachricht von dem Unfall aus dem Mund des Fahrers erreicht, der selbst direkt daran beteiligt gewesen war, wenn auch unverschuldet.

Laut dem, was der Mann mit immer noch bleichem, aufgelöstem Gesicht erzählte, war er hinter Laguardia in Richtung Logroño mitten in der Kurve von einem Motorrad mit großem Hubraum überholt worden, das so übertrieben schnell fuhr, dass der Fahrer die Spur nicht halten konnte und die Maschine auf die Gegenfahrbahn ausbrach und frontal mit einem entgegenkommenden Lastwagen zusammenstieß. Sowohl das Motorrad als auch der Fahrer prallten ab und stießen ohne umzukippen gegen den Lieferwagen des Mannes, der gerade noch sehen konnte, wie beide erneut auf die Gegenfahrbahn geschleudert wurden, wo sie gegen eines der Fahrzeuge prallten, die auf den Lastwagen folgten.

Santiago brauchte weder nach Farbe noch Kennzeichen des Motorrads oder einer Beschreibung des verunglückten Fahrers zu fragen. Er wusste sofort, dass es sich um Chema Salinas handelte. Und er brauchte sich auch nicht nach dessen Zustand zu erkundigen. Ihm war schlagartig klar, dass das Schlimmste eingetreten war. Also traf er entsprechende Vorkehrungen, um das Motorrad in der Tankstelle nahe Pancorbo unterzustellen, handelte mit einem Autofahrer, der sich bereit erklärt hatte, ihn mitzunehmen, einen Preis aus und brach umgehend nach Logroño auf.

Als er ins Krankenhaus kam und nach José María Salinas fragte, schickte man ihn nicht in eine der oberen Etagen, sondern direkt ins dritte Tiefgeschoss, woraus er schloss, dass Chema schon im Sterben lag, als er in die Notaufnahme eingeliefert worden war und dass er sich nach der Feststellung des Hirntods nun in der Leichenhalle befand, dass eine Autopsie bevorstand und man ihm die in seinem immer mitgeführten Spenderausweis genannten Organe entnehmen würde.

Zwei Männer standen im Vorraum. Als sie seine Motorradkluft und vor allem seinen aufgelösten Gesichtsausdruck sahen, verstanden sie sofort, dass er der Reisegefährte des Verstorbenen sein musste, und kamen auf ihn zu, um ihm ihr Beileid auszusprechen. Einer der beiden war hochgewachsen und von vornehmer Erscheinung trotz seiner legeren Kleidung: Kordjackett, Wollpullover im Schottenmuster, Flanellhosen und Mokassins mit dicker Gummisohle. Er mochte um die fünfzig Jahre alt sein und sah aus wie jemand, der viel Zeit an der frischen Luft verbringt. Nachdem sie die der Situation angemessenen Worte gefunden und sich die Hände gegeben hatten, sagte er:

»Darf ich mich vorstellen, ich bin Modesto Cumba. Ich fuhr ein paar Fahrzeuge hinter dem Lastwagen, mit dem Ihr Freund zusammenstieß – der Verstorbene war doch Ihr Freund? Es ging alles so schnell, dass ich dem Motorrad auf der Fahrbahn nicht mehr ausweichen konnte. Aber das war mein Glück im Unglück: Der Zusammenstoß hat meinen Wagen gestoppt und auf diese Weise verhindert, dass ich ihn überfahre.«

Er schien genauso mitgenommen zu sein wie sein Begleiter, ein großer, knochiger Mann mit einem ungepflegten Äußeren und doch sehr sympathischen, ausdrucksstarken Gesichtszügen, der sich als F. R. vorstellte. Seine Anwesenheit war gänzlich dem Zufall geschuldet. Er hatte nur in Modesto Cumbas Auto gesessen, weil er getrampt war. Und er war auch nicht lange vorher vom Straßenrand aufgelesen worden, denn beide wechselten noch immer die typischen Höflichkeitsfloskeln zwischen Unbekannten, als sich der Unfall ereignete. Er war nicht nur Zeuge und beinahe unfreiwillig Beteiligter des Unfalls geworden, sondern auch derjenige, der dem Motorradfahrer erste Hilfe leistete. Als er dessen ernsten Zustand bemerkte, überzeugte er Modesto Cumba von der Notwendigkeit, ihn mit seinem Auto nach Logroño ins Krankenhaus zu fahren und nicht erst auf den Notarzt zu warten.

Das Auftauchen der Eltern und der zwei Geschwister von Chema Salinas verlieh dem Moment eine noch dramatischere Wendung. Die Neuankömmlinge teilten zuerst ihr Leid mit Santiago Malpás, und nachdem sie vom beherzten Eingreifen von Modesto Cumba und F. R. erfahren hatten, dankten sie auch diesen für ihre Fürsorge. Sie erklärten ihre feste Absicht, sich des Toten anzunehmen und die rechtlichen Angelegenheiten zu regeln, um den Leichnam in den Heimatort der Familie zu überführen. Dabei kündigten sie an, dass die Beerdigung nur im intimsten Kreise der nächsten Angehörigen stattfinden werde.

»Was für ein monumentales Besäufnis haben wir danach begangen«, wird Modesto Cumba nicht müde zu erzählen. Die Empörung stand ihm noch Jahre später ins Gesicht geschrieben, wenn er sich an die Ereignisse nach dem Treffen der drei in der Leichenhalle erinnerte.

Während Santiago Malpás Salinas' Familie Gesellschaft leistete, tauschten sich F. R. und Modesto Cumba lange und aufgeregt flüsternd aus. Dann verschwand der Winzer auf der Suche nach einem Telefon, kam nach einer Weile wieder und machte F. R. verschwörerische Zeichen. Sie blieben noch eine Weile, verabschiedeten sich dann und wiederholten ihre Beileidsbekundungen, aber als die drei das Krankenhaus verließen, wartete da ein kräftiger Junge, gestützt auf Modesto Cumbas Auto, der ihnen bekannt vorkam. Es war Máximo II., der Lieblingsneffe, der dazu erwählt war, die Familie Cumba in der kommenden Generation anzuführen. Aber in jenem Moment und im Laufe der – wie sich am Ende herausstellte – drei folgenden langen, bewegenden und intensiven Tage musste der künftige Star der internationalen Weinwelt mal den Chauffeur, mal den Bankier, mal den

Reiseführer, mal den Pfleger für Verkaterte oder den Vertrauensmann spielen; Letzteres, weil er diskret schwieg, wenn er denjenigen, dem es am schlechtesten ging, auf die Rückbank des Autos bettete, während die anderen beiden ihr blindes, gewissenhaftes und reueloses Abklappern der Dorfkneipen zwischen Logroño und Haro fortsetzten. Dabei folgten sie dem Streckenverlauf der sich am Fuße der Sierra Cantabria entlangschlängelnden N-232, durch Oyón, Assa, Laguardia, Samaniego, San Vicente de la Sonsierra, Ábalos und Labastida hindurch, und fuhren dann auf einer anderen Abzweigung der N-232, am gegenüberliegenden Ufer des Ebro, über Briones, Torremontalbo, Cenicero und Fuenmayor zurück. Sie zogen von Dorf zu Dorf, von Bar zu Bar, ohne eine einzige auszulassen, und landeten schließlich wieder in der Provinzhauptstadt, dem Gassengewirr in der Nähe des Ebro, in dem es so viele Bars gibt, dass keiner der drei sich traute, alle zu besuchen, so wie sie es sich eigentlich vorgenommen hatten. In dieser Situation musste Máximo II. nicht lange insistieren, und sie ließen sich auf die Zimmer bringen, die er vorsorglich für sie im Hotel Condes de Vallejo reserviert hatte.

»Ich habe in meinem Leben noch nie so etwas getan oder je wiederholt«, merkte Modesto an, wenn sie auf den kläglichen Beginn ihrer Freundschaft zu sprechen kamen. Obwohl sie sich die Ereignisse in all ihren peinlichen Details immer wieder in Erinnerung riefen, war unter ihnen niemals klar ausgesprochen worden, dass der eigentliche Grund für sie ein Pakt zwischen Modesto Cumba und F. R. gewesen war, den beide noch im Krankenhaus geschlossen hatten, als sie sich bewusst wurden, dass Santiago Malpás ein Gefühl der Hilflosigkeit plagte. Und obwohl dieser versuchte, es hinter sieben Schlössern wegzusperren, spürten sie, dass diese offenkundige Hilflosigkeit im Begriff war, ihn in den folgenden Monaten in Barcelona in Trauer und Verzweiflung versinken zu lassen. Und auch wenn sie niemals darüber gesprochen hatten, waren sich beide doch darüber bewusst, dass die fabelhaften gemeinsamen Reisen, die die drei seitdem unternahmen, eine Folge dieses Paktes waren.

Wieder auf der Straße

Als sie Logroño hinter sich ließen und sich auf den Weg nach Estella und in die Sierra machten, hatten sie den Zwischenfall mit Modestos Ehefrau schon fast vergessen, hatte es sich doch um ein Ereignis gehandelt, das man angesichts ihres Verhältnisses als normal beschreiben könnte.

Um den Inhalt der drei Pakete jedoch, die sie gerade abgeholt hatten, entspann sich eine lange Diskussion.

»Wer flüchtet sich in den hintersten Winkel der Sierra de Urbasa und lässt sich dann einen Föhn schicken?«, fragte Santiago Malpás im Tonfall eines Quizmasters.

»Oder einen Toaster«, nahm F. R. den Faden auf, während er mit den ihm eigenen präzisen Drehungen des Handgelenks eine neue Flasche ›Chulato‹ öffnete.

»Die gute Nachricht ist, dass es an dem Ort, an den wir fahren, zumindest Strom zu geben scheint«, merkte Santiago Malpás an.

»Und die schlechte, dass wir allem Anschein nach die Aussteuer für eine altmodische Braut überbringen.«

Diese verschrobene Vermutung spornte sie dazu an, mehrere Kilometer lang nichts als Blödsinn zu erzählen, während sie einige Gläser Wein kippten und die nächste Zigarre rauchten. Aber auch wenn sie die wenigen Informationen, die sie besaßen, noch so sehr drehten und wendeten, bis ihre Spekulationen ins Groteske umschlugen, konnten diese nicht besorgniserregender klingen als die Tatsache, dass ein Winzer sich ohne ersichtlichen Grund just am Vorabend der Weinlese davongemacht hatte. Noch besorgniserregender war jedoch, dass er unter derart überstürzten und unvorhergesehenen Umständen geflohen zu sein schien, dass er dort, wohin er aufgebrochen war, nicht einmal über Lebensmittel (wie zum Beispiel Öl) oder Ausrüstungsgegenstände (wie Bergschuhe oder ein Transistorradio) verfügte.

F. R. ritt noch etwas weiter auf ihrer Unwissenheit herum, indem er darauf hinwies, dass Modesto auch seinen Vorrat an dem extrastarken Schmerzmittel nicht mitgenommen hatte, das er sich aus den USA kommen ließ und das seiner Meinung nach das einzige war, das gegen die wahnsinnigen Kopfschmerzen, die ihn regelmäßig plagten, half.

»Bist du dir sicher, dass da hinten Schmerzmittel drin sind?«, fragte Santiago Malpás fast schon entrüstet. Wenn das stimmen sollte, wäre es das erste Mal, seitdem sie sich kannten, dass Modesto das Haus verlassen hätte, ohne sich die Taschen vorher mit seiner Lieblingsdroge vollzustopfen.

»Todsicher«, bekräftigte F. R. voller Überzeugung. »Ich habe mindestens sechs Schachteln Ibuprofen 2000 gesehen, das heißt, Tabletten in einer Dosierung, die ausreichen würde, um ein Pferd mit einer einzigen von ihnen niederzustrecken.«

»Aber hast du die Schachteln gesehen?«

»Klar, die lagen direkt unter dem Toaster, etwas zusammengequetscht von einem Gegenstand, der so aussah wie ein Transformator.«

Santiago Malpás verzog das Gesicht, sagte aber nichts. F. R. schwieg ebenfalls. Auch seine Miene verfinsterte sich, als er feststellen musste, dass sie sich noch immer auf einer asphaltierten Straße befanden, sie die zweite Flasche aus dem Einkauf in Nájera fast schon zu zwei Dritteln geleert hatten und er sich nicht sicher sein konnte, ob ihr Trinktempo angemessen war. Aber er sagte vor allem deshalb nichts, weil er sich kannte und wusste, dass ihn die absurde Situation, in die sie Modesto gebracht hatte, langsam aber sicher auf die Palme brachte.

Auf der Höhe von Viana verließen sie die N-111 und bogen auf eine Landstraße ab, auf der sie über Aras, Aguilar und Santa Cruz in die Sierra de Urbasa gelangten, um dann, dank der Wegbeschreibung, die Modesto Santiago Malpás am Telefon diktiert hatte, mehrere Waldwege zu nehmen, die sie ohne Zwischenfälle ins Herz der Sierra führen sollten. Als sie die ersten Ausläufer des Gebirges in Angriff nahmen, wurde das Brummen der sechs Zylinder des Nissan immer fordernder und satter. Das Eindringen in die tiefen Schluchten kam ihnen wie ein Abtauchen in eine pechschwarze Nacht vor, auch wenn wenige Meter an Höhe genügten, um eine Zone der Helligkeit zu erreichen, die ebenso trügerisch wie zuvor die Dunkelheit war, weil sie nicht von der direkten Sonneneinstrahlung herrührte, sondern von

dem Licht, das gelegentlich von den sonnen-
beschienenen Gipfeln reflektiert wurde.

F. R. ging ganz in der Rolle des Kopiloten
auf. Er hatte sich der Rauchutensilien, die
Santiago besorgt hatte, angenommen, und
zündete von Zeit zu Zeit zwei Zigarren an,
die sie dann in trauter Zweisamkeit rauchten.
Aber er hatte sich auch schon wieder eine
neue Flasche ›Chulato‹, die er hinter seinem
Sitz geborgen hatte, zwischen die Knie geklemmt und schickte sich an, den Korken
zu ziehen. Als der Wein offen, gekostet und
(ehrerbietig) für gut befunden war, schnippte
er den Korken aus dem Fenster und stülpte
das Glas über den Flaschenhals. Jetzt war ein
irgendwie freches Klirren von Glas auf Glas
klar zu vernehmen. Es schien, als ob Flasche
und Glas eine beständige Aufmerksamkeit
verlangten, die F. R. ihnen auch bereitwillig
schenkte, indem er das Glas in regelmäßi-
gen Abständen bis zum Rand füllte, um es
danach brüderlich mit dem Fahrer zu teilen.

Von der Schwierigkeit,
auf dem Trockenen zu reisen

»Du kommst nicht drauf, was ich mir vor
gerade mal zwei Tagen in Cabezón de la

Sal gekauft habe!«, hatte Santiago Malpás zu F. R. gesagt, als er ihn – zurück in Barcelona – anrief, um ein Treffen der drei zu arrangieren.

»Ein Auto?«, rief F. R. unversehens aus. Es war ihm einfach so herausgerutscht, als er darüber sinnierte, was Santiago Malpás gekauft haben könnte – das Letzte, was er sich vorstellen konnte, war, dass sein Freund sich dazu erniedrigt hätte, ein schnöder ›Kutscher‹ zu werden. »So ein eiförmiges Ding, das innen so bequem wie ein Wohnzimmer ausgestattet ist?«

Doch eigentlich machte er sich damit nur über einen traurigen Motorradfahrer lustig, der sich aus seiner Kluft geschält hatte und jetzt alles, was er je gegen die ›Kutscher‹ gesagt hatte, zurücknehmen musste, weil er mit Kind und Kegel ihrer Gewerkschaft beitrat. Doch als der seiner alten Maschine beraubte traurige Motorradfahrer zum ersten Mal zu einem Treffen in seinem neuen metallic-blauen Nissan Patrol erschien, wurde F. R. trotz aller Witzeleien und Spitzen umgehend zum bedingungslosen Anhänger des neuen Transportmittels.

»Diese Schrottkarre läuft und schnurrt so gut wie eine Barkasse«, sagte er entzückt, während er sich, hoch oben auf seinem Sitz, nach den Fahrzeugen umdrehte, an denen sie mit rasender Geschwindigkeit vorbeirauschten.

»Und da hinten ist Platz genug, um ein kleines Boot mitzunehmen, für den Fall, dass wir von der Fahrerei genug haben und einen Fluss – aber richtig mit Navigation und so – erkunden wollen«, fügte er hinzu und maß in Gedanken den Raum ab, der sich ergeben würde, wenn man die hinteren Sitze herausnähme, die seiner Meinung nach sowieso nur störten. Ohne sie könnte man im Fond zum Beispiel ein Zodiac-Boot mitnehmen, und das könnte sogar immer aufgepumpt bleiben, damit sie es jederzeit ohne Umschweife und große Vorkehrungen ins Wasser lassen könnten.

Und in einem ins Prophetische umschlagenden Tonfall fügte er noch hinzu:

»Du kannst dir nicht vorstellen, was für eine Freude ein Boot in unser Leben bringen wird, und dazu einen Haufen Flüsse, die ich dir nach und nach zeigen werde.«

Zum größten Teil hatte sich die Prophezeiung erfüllt, denn von diesem Augenblick an nahmen ihre Reisen in zweierlei Hinsicht eine neuartige Dimension an. Zum einen, weil sie sich in einem Nissan fortbewegten und nicht mehr auf das öffentliche Transportwesen angewiesen waren. Zum anderen, weil F. R. die Flüsse wirklich erstaunlich gut kannte. Unvergesslich blieben, um nur zwei Beispiele zu nennen, die Fahrt, die sie durch das Manzanedo-Tal am oberen Flusslauf des Ebro unternahmen, oder die durch den Canal Imperial von Aragón, von seinem Beginn in Tudela bis in die Nähe von Fuentes, wo der Kanal wieder mit dem Ebro verbunden ist. Davor hatte sich ihnen vom Wasser aus ein bis dahin unbekannter Anblick von Saragossa geboten.

Die Touren mit F. R. waren aus einem Grund nicht ganz ohne: Man wusste zwar, wo man hinfuhr, um das Boot ins Wasser zu lassen, aber es war unmöglich vorauszusagen, wo die Flussreise ein Ende finden würde. Denn immer gab es noch irgendeine wunderbare, aber abgelegene Kapelle zu besuchen oder einen Steinbruch aus der Römerzeit, den nicht zu erkunden unverzeihlich gewesen wäre. Trotzdem musste man früher oder später der Freude des Reisens auf dem Wasser entsagen und sich Gedanken über die Rückkehr machen. Und die artete dann gewöhnlich in ein Drama aus. Sich an die Straße zu stellen und darauf zu hoffen, dass ein freundlicher Mensch vorbeikäme und einwilligte, einen dorthin zu fahren, wo man das Auto stehen gelassen hat, ist das eine – immer vorausgesetzt, dass es überhaupt noch barmherzige Seelen gibt, die bereit sind, Reisenden aus einer Notlage zu helfen. Aber zu erwarten, dass der rettende Engel sich auch des Boots, des Außenbordmotors, des Benzintanks und der Ausrüstung annähme, war ein ganz und gar aussichtsloses Anliegen.

Normalerweise legten sie sich also einige Stunden an den Straßenrand, bis F. R. sich geschlagen gab und einsah, dass keine barmherzige Seele vorbeifahren würde, die bereit war, ihnen liebenswürdigerweise aus der Patsche zu helfen. Dann ließ er sich zu Plan B breitschlagen, der darin bestand, den erstbesten unbeladenen Laster anzuhalten und dem Fahrer anzubieten, für die Mitnahme zu bezahlen. Trotz dieser Unwägbarkeiten musste Modesto Cumba, der seine immer größer werdenden Eheprobleme auf die lange Bank schob, um mit ihnen eine Reise antreten zu können, nach den ersten Malen zugeben, dass mit dem Boot eine unerwartete Dimension in ihr Leben gekommen war.

Verloren im Sturm

»Bist du dir sicher, dass du die Wegbeschreibung von Modesto richtig notiert hast?«, fragte F. R., als sie im Rückwärtsgang auf einer Erdpiste, die lediglich zu einer alten Mühle führte, zurücksetzten.

F. R. war Ingenieur und hatte eine derart große Leidenschaft für Flüsse entwickelt, dass er sich ganz auf natürliche Bewässerungssysteme spezialisiert hatte. Mittlerweile war er mindestens drei Jahre bei verschiedenen aragonesischen Bewässerungsgesellschaften unter Vertrag, um eine Studie über die noch nicht genutzten Wasservorräte im Ebro-Tal zu erstellen. Deswegen konnte er nach Lust und Laune im ganzen Gebiet zwischen Reinosa am Oberlauf des Flusses und Fayón, einem Dorf an der Grenze von Aragón und Katalonien, hin und her reisen – südlich von Fayón waren für alle Angelegenheiten rund um den großen Fluss ausschließlich die katalanischen Behörden zuständig. F. R.s Beruf ermöglichte es ihm nicht nur, sich beneidenswert frei zu bewegen und das ganze Gebiet, das in seinen Augen unter seine Kompetenz fiel, ausgiebig zu erkunden, sondern auch die Bibliotheken und Archive zahlreicher im Ebro-Tal angesiedelter Institutionen zu durchstöbern. Nur ein Beispiel: Die Karte, die ausgebreitet auf seinem Schoß lag, hatte er auf der Grundlage von Vorlagen gezeichnet, die ihm die Kommission für Hydrographie des Ebro zur Verfügung gestellt hatte. Diese und andere Karten hatten sich als praktisch unfehlbar erwiesen.

Aber genau deswegen machte sich Santiago Malpás Sorgen – oder nahm es als ein schlechtes Vorzeichen –, dass F. R. sich mit seinen Karten und der ihm von Modesto Cumba am Telefon durchgegebenen Beschreibung nicht zurechtfand.

»Gibt es irgendwelche Probleme?«, fragte Santiago Malpás.

»Ich bin mir nicht ganz sicher«, antwortete F. R., ohne seinen Blick von der Karte abzuwenden, die er mit einer Taschenlampe anstrahlte, während er mit dem Zeigefinger mehrere schwach markierte Wege entlangfuhr. »Aber ich muss zugeben: Das, was Modesto gesagt hat, unterscheidet sich ebenso auffällig wie beunruhigend von dem, was auf der Karte steht.«

»Ich gehe also recht in der Annahme, dass jetzt nicht der beste Moment ist, um sich in den Bergen zu verfahren«, folgerte Santiago Malpás und beugte sich so weit nach vorne, dass er mit dem Kinn fast das Lenkrad berührte. Er wollte durch die Windschutzscheibe so viel wie möglich vom Himmel sehen.

Indem er die Taschenlampe abwechselnd auf die Landkarte und das Reisetagebuch richtete, in das Santiago Malpás die Wegbeschreibung notiert hatte, versuchte F. R. immer noch, ohne einen Blick nach draußen zu werfen, ihren momentanen Aufenthaltsort herauszufinden und bediente sich dabei der Daten aus beiden Quellen. Zu seinen Füßen klirrte das auf den Flaschenhals gesteckte Glas immer noch fordernd, doch F. R. schenkte ihm in diesem Augenblick nicht die geringste Aufmerksamkeit. Es war zwar nur ein Detail, aber da es bei F. R. ein

Symptom für große Ratlosigkeit war, beunruhigte es Santiago Malpás zutiefst.

»Mal sehen. In der Tat befindet sich links von uns ein Bach, und er fließt auch noch gegen unsere Fahrtrichtung. Wenn wir also ein Stück auf diesem Weg bleiben, müssten nach ein, zwei Kilometern zuerst eine Eukalyptuspflanzung und dann rechts ein Forstweg kommen. Den müssen wir nehmen.«

Santiago Malpás tat, was ihm befohlen wurde, und freute sich außerordentlich, als nach der vorausgesagten Strecke nicht nur eine ausgedehnte Eukalyptuspflanzung auftauchte, sondern mitten darin auch ein erst vor Kurzem verbreiterter Forstweg. Dies erlaubte es ihnen, einen Zahn zuzulegen und die verlorene Zeit wieder etwas aufzuholen. Sie waren schon so tief in die Sierra vorgedrungen, dass sie, wenn sie einen Berghang erklommen hatten, lediglich die Umrisse der gegenüberliegenden Berge ausmachen konnten. Dieser nahe Horizont zeichnete sich klar und deutlich vor tobenden Blitzen ab, die derart miteinander verästelt waren, dass sie ihnen wie ein blendendes elektrisches Dauerfeuer erschienen.

Nachdem sie sich noch ein paarmal verfahren und wieder auf die richtige Route zurückgefunden hatten, führte sie der Weg, dem sie folgten, ein wenig später direkt in das Zentrum des Unwetters. Es war noch kein Schneesturm, aber ein heftiger kalter

Sturzregen, unter den sich gelegentlich sogar Hagel mischte, prasselte auf die Karosserie. Die Sicht tendierte gegen null. Die Scheibenwischer wurden mit dem dichten Vorhang aus Wasser nicht mehr fertig. Zudem schluckte er das Licht der Scheinwerfer, sodass man von der Schnauze des Fahrzeugs aus höchstens zwei Handbreit weit sah.

Nicht nur, dass sie sich gezwungen sahen, sich mit der Geschwindigkeit eines Esels fortzubewegen – eine solche Langsamkeit garantierte rein gar nichts: Sie verfuhren sich noch ein paarmal, was ihnen nicht wenige vergebliche Versuche bescherte, die verlorene Piste wiederzufinden.

Irgendwann verwandelte sich der Weg durch den beständig auf ihn herunterpeitschenden nervigen Regen in einen schlammigen Gebirgsbach, der, zwischen anderthalb Meter hohe Böschungen gezwängt, den Hang hinunterfloss. Nach und nach verengte sich die Durchfahrt, bis für den Nissan schon kein Platz mehr zum Wenden bliebe, falls sie entdecken sollten, dass sie sich abermals verfahren hätten.

»Gib zu, dass wir uns völlig verirrt haben«, sagte Santiago Malpás.

»In der Tat«, erwiderte F. R., und ohne seine Erschöpfung zu verbergen, faltete er die Landkarte mehr recht als schlecht zusammen und warf sie auf die Rückbank. »Sie hilft uns ja doch nicht weiter«, bemerkte er resigniert, streckte den Arm aus, um die Flasche wieder hervorzuholen, füllte das Glas bis zum Rand, trank die Hälfte und reichte Santiago Malpás den Rest.

Der hatte vor einer Weile schon den Allradantrieb eingeschaltet, dank dem sie nun mit einer gewissen Sicherheit vorankamen, obwohl der Weg mittlerweile mehr einem Sturzbach glich und das Wasser bis zur Höhe der Achsen stand.

»Wir haben Glück, dass es hier seit Monaten nicht mehr geregnet hat«, merkte Santiago Malpás an, »denn der Untergrund ist immer noch fest. Aber wenn das so weitergeht, kann sich eine Schlammschicht bilden, die so tief ist, dass unsere Räder selbst bei Allradantrieb durchdrehen.«

»Und dann würden wir, statt weiterzufahren, wie ein Boot abtreiben«, erklärte F. R. und lehnte sich entspannt in seinem Sitz zurück, nachdem er das Glas und die Flasche wieder an sich genommen hatte.

Schnurstracks in die Katastrophe

F. R. bereitete die drohende Gefahr, dass sie in einer Klamm, durch die immer mehr Wasser schoss, abdriften könnten, keine großen

Sorgen. Er machte es sich weiter in seinem Sitz bequem, kramte instinktiv nach den La Flor de Camagüey-Zigarren und versuchte, sich daran zu erinnern, wie viel Wein noch in der Flasche war.

Doch ihm blieb nicht einmal die Zeit, die Zigarre anzuzünden, denn in diesem Moment berührten die zwei Räder auf der rechten Seite wieder den Untergrund, und dieser unerwartete Vortrieb genügte, um den Jeep in einen Wasserbüffel zu verwandeln, der mit weiten Sprüngen eine unbändige Flucht nach vorne antrat. Bis er mit einem letzten gewaltigen Sprung sauber über die Klamm setzte und sich in einer natürlichen Auslaufrinne verkeilte, die das Wasser in der gegenüberliegenden Böschung freigespült hatte. Für einen Augenblick ragte das Fahrzeug wankend ins Leere. Es erfüllte unfreiwillig die Funktion eines großen Abflussstöpsels, und der Wasserdruck am Heck schwoll binnen kurzer Zeit derart an, dass der Nissan wie eine Granate den Berghang hinuntergeschossen wurde und alles Bremsen und jeder Versuch, die Geschwindigkeit auf andere Weise zu verringern, fehlschlugen. Schließlich gesellte sich zu der Kraft, die sie von hinten antrieb, noch die Schwerkraft, die sie nach unten zog. Sie bewegten sich zudem fast völlig im Dunkeln, da die Scheinwerfer in dem Gemisch aus Regen, Hagel und Nebel kaum etwas ausrichten konnten.

Santiago Malpás brachte die Lage auf eine äußerst einprägsame, wenn auch den Manieren eines feinen und eleganten Herrn Verlegers wie ihm nicht unbedingt entsprechende Formel:

»Verfluchte Scheiße!«

Und als ob seine Einschätzung der Lage damit nicht ausreichend klar geworden wäre, fügte er noch hinzu:

»Wir werden einen Unfall bauen, dass dir die Ohren schlackern!«

Womit er Recht behalten sollte. F. R., der sich mit beiden Händen an dem Haltegriff am Fahrzeugdach festhielt, glaubte auf einmal vor ihnen eine Steinmauer auszumachen und wollte Santiago Malpás noch warnen. Doch dafür blieb keine Zeit. Der Jeep schlug in eine, wie sich zu allem Überfluss herausstellte, ziemlich wacklige Steinmauer – zumindest war sie nicht so fest gebaut, wie man es von einer solchen Mauer erwarten konnte. Der Bug des Fahrzeugs tauchte förmlich in sie ein. Fast unmittelbar darauf, als sie sich noch einander versicherten, dass sie unverletzt geblieben waren, stürzte die Mauer mit einem lauten Krachen ein, das von der von oben auf sie herunterprasselnden Lawine aus Balken, Ziegeln und Rohren noch verstärkt wurde. Gut möglich, dass die Mauer das Dach nur unzureichend getragen hatte, und dieses nun, plötzlich seines Unterbaus beraubt, auf sie heruntergestürzt war und das Fahrzeug zur Hälfte unter sich begraben hatte.

Während F.R. den Boden des Innenraums nach der Taschenlampe, den Rauchutensilien und dem Glas abtastete, die ihm beim Aufprall heruntergefallen waren, sah Santiago Malpás, dass unter den Balken und dem Schutt, die die Motorhaube bedeckten, ein beruhigender Lichtstrahl hervorschien.

»Schau mal«, sagte er und zeigte auf die Trümmer. »Der Zusammenstoß war so sachte, dass nicht einmal die Scheinwerfer kaputtgegangen sind. Das bedeutet: Wenn wir Balken und Ziegel wegräumen, kriegen wir das Auto vielleicht wieder flott.«

»Du hast sie wohl nicht mehr alle. Glaubst du wirklich, dass ich bei diesem Regen aussteige, um Ziegel und Steinblöcke wegzuräumen?«, schimpfte F.R.

»Ich habe eigentlich gemeint ...«, setzte Santiago Malpás an, gab dann aber mit einer Handbewegung zu verstehen, dass ihm eigentlich alles egal war, und schwieg. Schließlich saßen sie bequem in ihren Sitzen und hatten ein Dach über dem Kopf. Und hinter den Sitzen standen Tüten voll Weinflaschen, und in ihren Reisetaschen würden sich bestimmt noch ein paar Schachteln Zigarren finden. Bei genauer Betrachtung verfügten sie über alle wesentlichen Dinge, und nichts würde sie davon abhalten, in aller Ruhe auf den Anbruch des nächsten Tages zu warten.

Gerettet von einem Bonitofischer

Weil F. R. so beharrlich suchte, fand er zuerst die Taschenlampe, dann die Zigarrenschachtel und das Feuerzeug und schließlich das Glas und die Flasche. In dem Moment, als er die Flasche ins Licht hielt, um herauszufinden, ob noch etwas darin war, erfasste der Lichtkegel eine äußerst seltsame Gestalt, die nicht weniger seltsam auf die Spitze des Schuttberges, unter dem sie zur Hälfte begraben lagen, geklettert war. Santiago Malpás und F. R. sahen sich stumm vor Entsetzen an. Die wie aus dem Nichts aufgetauchte Gestalt trug eine tief ins Gesicht gezogene Mütze, einen knöchellangen Regenmantel, eine Hose aus Öltuch und Gummistiefel, die ihr bis zu den Knien reichten. Die ganze Montur war in einem schreienden Gelb gehalten. Die unerwartete Erscheinung in diesem unwegsamen und verborgenen Teil der Sierra Urbasa war das wahrhaftige und unverfälschte Abbild eines Thunfischfischers aus dem Norden des Landes. Er sah genauso aus, wie man ihn auf Konservendosen und Reklamen für Lebertran finden konnte.

»Ach, ihr seid's!«, rief Modesto Cumba von der Spitze des Schutt- und Ziegelbergs, sprang hinunter und ging schnurstracks, so als wäre es in dieser Situation das Normalste auf der Welt, zur Fahrertür. »Ich habe mir etwas übergeworfen, um rauszugehen, weil ich mir schon Sorgen machte, dass ihr die Hütte bei diesem Unwetter nicht findet«, sagte er mit derselben Gelassenheit, die er an den Tag legen würde, wenn sie sich an einem lauen Frühlingsabend getroffen und er alle Zeit der Welt gehabt hätte. Und er fügte hinzu: »Ist euch oder dem Auto irgendetwas zugestoßen?«

Santiago Malpás wollte auf seine Frage eine gänzlich unmissverständliche Antwort geben und startete ohne jede Vorwarnung den Motor, legte den Rückwärtsgang ein und ließ, während er auf das Gaspedal trat, plötzlich die Kupplung los. Der Nissan steckte in der Tat nicht so fest, wie es zunächst schien, und als die ganze Antriebskraft geballt auf die Räder einwirkte, wurde er augenblicklich wieder zum Wasserbüffel und setzte fast drei Meter zurück. Morgen würden sie bei Sonnenlicht sicher große Beulen in der metallic-blauen Karosserie und – schlimmer noch – Lackabsplitterungen entdecken, aber die wichtigste Nachricht war jetzt, dass das Fahrzeug selbst keinen größeren Schaden genommen hatte und der Motor noch lief, sodass sie es bei Bedarf jederzeit wieder einsetzen konnten.

»Sollen wir dich zu deiner Hütte mitnehmen?«, fragte Santiago Malpás Modesto Cumba.

»Wir sind schon da«, erwiderte der Bonitofischer kühl. »Der Schuppen, den ihr euch da aufgeladen habt, ist ein Anbau der Schäferhütte, die ich meine Zuflucht nenne. Er diente bislang einigen Kühen als Unterschlupf, von denen ich jetzt weder weiß, wo sie abgeblieben sind, noch wo sie sich unterstellen werden, wenn es zu schneien anfängt.«

F. R. beugte sich sichtlich gereizt nach vorn und hatte große Lust, Modesto gegenüber ausfällig zu werden. Doch Santiago Malpás legte ihm die Hand auf die Brust, zwang ihn, sich wieder zurückzulehnen, und entschied sich, der Situation eine entscheidende Wendung zu geben.

»Du bist ja ziemlich gut ausgerüstet«, sagte er und wies auf das Ölzeug eines Gransol-Fischers. »Wo hast du dir das denn besorgt?«

»Meinst du das hier?«, druckste Modesto auf einmal leicht verunsichert herum. »Aus Hondarribia. Ich war da mal, warum auch immer, und da habe ich in einem Schaufenster diese Ausrüstung gesehen und sie mir für hier gekauft.«

»Steht dir wirklich gut«, stichelte Santiago Malpás mit einem boshaften Unterton, fügte dann aber hinzu: »Mal ganz im Ernst: Was sollen wir deiner Meinung nach jetzt tun?«

»Fahrt erst mal um die Hütte herum und stellt den Wagen vor der Eingangstür ab, damit wir eurer Gepäck ausladen können«, sagte er, als Santiago Malpás den Motor wieder anließ. »Übrigens, hat man euch in Logroño eigentlich die Pakete für mich mitgegeben?«

In diesem Augenblick hörten Regen und Hagel plötzlich auf. Die drei sahen sich verblüfft um. Doch die Waffenruhe war trügerisch, denn kurz darauf setzte ein so starker Schneefall ein, dass das von den Scheinwerfern ausgeleuchtete Dreieck binnen weniger Sekunden höchst weihnachtlich anmutete.

Modesto Cumba breitete die Arme aus. Seine geöffneten Hände wiesen gen Himmel, so als wollte er sie sich zuschneien lassen.

»Das ist doch verrückt: Dort unten im Ebro-Tal ist die Weinlese in vollem Gange, und hier oben herrscht scheinbar schon Winter.«

»Meinst du, es ist nicht normal, dass es in dieser Jahreszeit schneit?«, fragte Santiago Malpás, während er sich daran machte, die Pakete aus dem Kofferraum zu wuchten.

»Nein. Und ich sorge mich wirklich um die Kühe. Da das Unwetter so unvorhergesehen hereingebrochen ist, kann es sein, dass sie unter freiem Himmel überrascht worden sind.«

»Wehe, du kommst uns jetzt nochmal mit dem Schuppen«, mischte sich F. R. ein, der gerade die Reisetaschen zur Schäferhütte trug. »Würdest du deine Wegbeschreibungen so formulieren, wie andere Leute auch, dann würden deine Gäste auch den richtigen Weg zu dir finden und müssten sich nicht durchs Gebüsch schlagen. Außerdem leben in diesen Bergen genug Kühe, um die sich bei Regen oder Schnee kein Schwein kümmert, und die kommen auch durch.«

Vorbereitungen für einen gemütlichen Abend zu Unzeiten

Nachdem es ihnen trotz des immer heftiger werdenden Schneefalls gelungen war, alle mitgebrachten Pakete und Taschen ins Innere der Hütte zu schaffen, bewies Modesto Cumba ein gutes Augenmaß, als er sich entschied, die Geduld seiner Gäste nicht weiter zu strapazieren, und ihnen anbot, ein paar außergewöhnliche Flaschen Wein aufzutischen.

»Es handelt sich um einen Wein, den ich schon seit drei Jahren herstelle, aber bislang konnte ich mich nicht dazu entschließen, ihn in den Handel zu bringen. Obwohl ich sehr stolz auf diesen Wein bin«, erklärte er, nachdem er sich aus der wasserdichten Kleidung geschält hatte und im Begriff war zu gehen, wahrscheinlich um den versprochenen Wein zu holen.

Während Santiago Malpás sich anstreng-
te, die verlöschende Glut wieder zu einem
echten Feuer zu entfachen, verfiel F.R. in
ein eisiges Schweigen, das nur dadurch
unterbrochen wurde, dass er mit einem
Korkenzieher auf den Tisch klopfte. Die
Entrüstung, die sich in seinem Antlitz andeutete, verhieß nichts Gutes. Und obwohl
Santiago Malpás weiter besessen um das
Feuer kämpfte, drehte er sich ein wenig, um
den Schauplatz, an dem möglicherweise
in Kürze ein Streit ausbrechen würde, wenigstens aus dem Augenwinkel im Blick zu
behalten. Er wusste, F.R. würde verlangen,
dass Modesto Cumba sie endlich und ohne
weitere Ausflüchte darüber aufklärte, was
hier eigentlich gespielt wurde, warum er sie
an solch einen Ort zitiert hatte und welche
weiteren Lieferaufträge sie in unmittelba-
rer Zukunft von ihm zu erwarten hätten. Er
wusste aber auch: Sollte Modesto Cumba
weiter versuchen, Versteck zu spielen, würde es unvermeidbar zu einem Gewaltaus-
bruch kommen.

Trotz allem schienen seine Vorkehrungen
unnötig. Als Modesto Cumba von dem unbekannten Ort, an dem er seinen Wein aufbewahrte, zurückkehrte und die drei mitgebrachten Flaschen auf den Tisch stellte,
brach dieser selbst das Eis, indem er fragte:
»Seid ihr sicher, dass man euch nicht hierher gefolgt ist?«

Santiago Malpás und F. R. blickten sich verdutzt an.

»Was willst du damit sagen? Ob man uns hierher gefolgt ist?«, fragte Santiago Malpás. »Meinst du damit etwa, wir hätten auf der Herfahrt ständig ein Auge auf die Fahrbahn und das andere auf den Rückspiegel richten sollen, um sicherzugehen, dass uns auch ja kein verdächtiges Auto gefolgt ist, und das, obwohl wir auf dem Weg hierher tausendmal die Straße gewechselt haben?«

»Ja, so was in der Art, wenn auch ohne den Sarkasmus, den ich da in deiner Stimme wahrzunehmen glaube.«

»Sarkasmus«, schaltete sich F. R. nun endgültig genervt ein. Santiago Malpás versuchte, ihn mit einem Blick zur Mäßigung anzuhalten, doch F. R. war nicht mehr zu bremsen: »Du meinst also, wir seien sarkastisch, nachdem du uns erst als deine Laufburschen von hier nach dort geschickt hast und wir dann an diesen gottverlassenen Ort kommen sollten, und das Einzige, was dir dazu einfällt, ist es, uns zu fragen, ob wir sicher seien, dass uns niemand gefolgt ist?«

Modesto Cumba hätte ihm gerne geantwortet. Und tatsächlich hob er auch schon dazu an, während er aus einem Wandschrank am anderen Ende des Zimmers saubere Gläser nahm und dabei ein paar Mal mit dem Kopf nickte, als wollte er sagen: »Ihr habt ja Recht. Vielleicht habe ich es zugelassen, dass diese absurde Situation sich über die Maßen in die Länge gezogen hat, und ich bitte euch dafür um Verzeihung.«

Aber er konnte nicht einmal mehr den Mund öffnen, denn die Tür der Hütte, die er selbst gewissenhaft verriegelt hatte, damit sie möglichen Windstößen widerstünde, brach genau in dem Moment mit einem erschütternden Krachen in Stücke. Und umgehend materialisierte sich in der Lücke, die sich zwischen den dreien auftat, etwas, was gut die Mutter aller Kühe sein konnte: ein riesiges Holstein-Rind, das kurz vor dem Kalben stand. Mit einem übertrieben geschwollenen Bauch, einem zum Platzen vollen Euter und einem Blick, der so feucht und aufdringlich wie ihre Zunge war, die sie sich abwechselnd in eines der Nasenlöcher steckte, während sie die drei – man könnte fast schon sagen überrascht – anstarrte. Doch sie blieb nicht lange regungslos, denn plötzlich machte sie einen Satz auf sie zu, als wollte sie zum Angriff übergehen.

»Herrgott noch mal!«, schrie F. R. Die Kuh hatte ihn mit einem heftigen Stoß nach hinten geschleudert, wo er jetzt wie erstarrt auf dem Boden lag, dem ungebetenen Gast fast zu Füßen. »Bringt dieses schreckliche Tier von mir weg!«, forderte er mit einem für ihn ungewöhnlich schrillen Ton. Zu seiner Ehrenrettung muss gesagt werden, dass er bislang in seinem Leben wahrlich nicht so oft von einer Killerkuh zu Boden gestreckt worden war, um eine solche Situation für normal zu halten.

Es sei denn, die Kuh hätte gar nicht vorgehabt, ihn anzugreifen, sondern war ihrerseits von anderen Vertretern ihrer Spezies gestoßen worden, die nun ebenfalls von draußen hereindrangen. In Wirklichkeit versuchte die Kuh, mit fest in den Boden gestemmten Klauen und angespannten Beinmuskeln nur zu verhindern, zu weit in die Nähe der Flammen gedrängt zu werden, die wieder fröhlich im Kamin flackerten.

Man kann davon ausgehen, dass die Kühe, die erst so viel Regen und Hagel und dann den schon seit einer Weile fallenden Schnee ertragen hatten, als sie ankamen und ihren angestammten Unterstand eingestürzt vorfanden, sich gänzlich im Recht sahen, die Schäferhütte zu stürmen, von der sie wussten, dass sie fast immer leer stand. Umso verständlicher waren deshalb die Ungeduld und die schlechten Manieren derjenigen Tiere, die immer noch im Freien standen und hereinzukommen versuchten, um einen Platz in der warmen Stube zu ergattern, die ihnen Schutz vor dem Schneesturm bieten würde.

Wie dem auch sei, der Zustrom von Kühen, die sich gegenseitig hereinschoben, ließ jedenfalls nicht eher ab, bis sich der ganze

Raum der Hütte in ein einziges Meer aus dampfenden Rücken, hier und da herausragenden Köpfen mit Hörnern und Mäulern, die ein ohrenbetäubendes Muhen ausstießen, verwandelt hatte. Zum einen war dies ein Signal, um die vor ihnen stehenden aufzufordern, Platz zu machen, zum anderen ein Protest gegen die, die weiter hinten standen und vielleicht gerade in diesem Moment den Muhenden die Hörner in die Hinterteile bohrten.

Als F. R. merkte, dass ihn die geforderte Hilfe nicht erreichte, gelang es ihm selbst, sich ohne größere Blessuren aufzurichten, bevor die Lage ernsthaft gefährlich wurde. Nachdem er aus dem Meer von Rücken und Köpfen aufgetaucht war, konnte er sehen, dass auch Modesto Cumba und Santiago Malpás den ersten Angriff abgewehrt hatten und sich wacker auf den Beinen hielten, stattdessen aber verzweifelt dagegen ankämpfen mussten, nicht von der Meute verschlungen zu werden. Und damit nicht genug: Sie sahen sich auch gezwungen, in den äußersten Ecken des Raums Zuflucht zu suchen.

Einen Pakt schließen mit dem, was da ist

Zwischen all dem Muhen, halb aus Protest,
halb aus Erleichterung, drang ein Donner-
grollen zu den in dem Meer von Kühen
gefangenen Reisenden, und Blitze leuchte-
ten auf, sodass sie durch das Fenster sehen
konnten, wie der Nissan allmählich unter einer Schneedecke verschwand. Es stellte sich
ein Moment ein, in dem sich die Lage zu
stabilisieren schien, sodass sie schon glaubten, sich mit der neuen Situation arrangieren zu können. Doch weit gefehlt! Von
draußen drängten immer mehr Tiere herein.
Nun die, die von der Herde zurückgelassen
worden waren und deswegen stärker unter
der Kälte gelitten hatten als diejenigen, die
zuerst angekommen waren. Weshalb es nur
normal war, dass die Nachzügler umso ent-
schlossener um ihren Platz in der Schäferhütte kämpften, indem sie mit all ihrer Kraft
schoben und drückten. Schon bald kam es
zu einer beträchtlichen Überbevölkerung
und der unvermeidbaren Zertrümmerung
des Mobiliars. Deutlich zu hören waren das
charakteristische Knacken eines Tisches,
der unter dem Gewicht mehrerer Kühe zu-
sammenbrach, das dumpfe Ächzen eines
Sofas, das von vier oder fünf Rindviechern,
die auf der Suche nach einem Platz darauf
gestiegen waren, niedergetrampelt wurde,

oder der farbige, heitere Klang von Tafelge-
schirr und Kristallgläsern, die, nachdem der
Wandschrank, in dem sie gestanden hatten,
umgekippt war, nun zu feinsten Scherben
zermahlen wurden. All das ging ohne den
geringsten Anflug von Aggressivität oder
Vandalismus vonstatten. Vielmehr war es
die logische Reaktion auf einen Raum, der
sich so gefüllt hatte, dass selbst die äußersten Ecken zum Bersten voll waren. Glücklicherweise stockte die Masse, als der Punkt
der Sättigung erreicht war, und der Raum
lud sich mit einer latenten Spannung auf.

In dieser Situation glaubte Santiago unter
seinen Fußsohlen einen unverwechselbaren
Gegenstand zu spüren. Unter Einsatz seiner
Ellbogen und Hüften gelang es ihm, sich
eine kleine Lücke zu erkämpfen, die es ihm
erlaubte, sich zu bücken und die Hand bis
zum Boden auszustrecken, um kurz darauf
mit einem triumphierenden Lächeln auf
den Lippen wieder aufzutauchen.

»Seht, was ich gefunden habe!«, rief er
verzückt. In der Hand hielt er eine der Flaschen, die Modesto kurz vor der Invasion
geholt hatte.

Als F. R. die Flasche wiedererkannte,
kehrte sein Unternehmungsgeist schlagartig zurück, und er schlängelte sich, wobei
er die ständigen Ausgleichsbewegungen der
Tiere geschickt nutzte, parallel zu den Wän-
den zwischen der Schnauze der einen und

dem Hintern der anderen Kuh hindurch und kam so nah an Santiago Malpás heran, dass dieser ihm die Flasche reichen konnte.

»Zum Glück habe ich immer einen Ersatzkorkenzieher dabei«, sagte F. R. selig, während er seinen immer noch umgehängten Hirtenbeutel durchwühlte.

Als wären sie Teil eines Spiels, auf dessen Spielbrett nur ein einziges Feld frei war (weshalb man, um die Position eines Steins zu verändern, alle anderen verschieben musste), löste der Positionswechsel von F. R. eine allgemeine Rotationsbewegung aus, die es Modesto Cumba erlaubte, zwei Felder in Richtung Feuer vorzurücken. Und obwohl die drei durch ein solches Übermaß an Körpern auf einem so eingeschränkten Raum weitestgehend bewegungsunfähig und voneinander getrennt waren, war zwischen ihnen nun doch so wenig Abstand, dass sie ihn mit ausgestreckten Armen überwinden konnten.

Modesto Cumba glaubte, dass seine Freunde aufgrund des Flaschenfunds und der außergewöhnlichen Situation, in der sie sich befanden, aufhören würden, ihn zu nerven. Welch ein Irrtum! Kaum hatte F. R. seine Beute geschnappt, gaben seine eisernen Fänge nicht mehr nach. Er zog den Korken im ersten Anlauf, goss ein wenig Wein auf den Rücken der Kuh, die ihm am nächsten stand, und nahm selbst einen Schluck direkt aus der Flasche. Anschließend reichte er Santiago Malpás die Flasche Wein weiter und sagte, den Blick starr auf seine Beute gerichtet:

»Und? Sagst du uns jetzt endlich, was hier los ist und warum du uns herbeordert hast?«

Doch dann verschlug es ihm die Sprache. Der Wein, den Modesto Cumba mit so viel Hingabe und Zuversicht herstellte, entfaltete seine Wirkung erst mit einiger Verzögerung. Und war er F. R. beim ersten Schluck nicht außergewöhnlich vorgekommen oder zumindest nicht so besonders, als dass er ihn von dem, was ihn in diesen Augenblicken wirklich beschäftigte, abgelenkt hätte, so ließ ihn die Fülle von Aromen und Geschmacksnoten, die sich jetzt unerwartet seines Gaumens bemächtigten, wie versteinern.

»Großer Gott!«, rief er aus und wandte sich zu Santiago Malpás um, »Findest du den auch so gut?«

Santiago hatte den ersten Schluck Wein gerade erst hinuntergeschluckt und den Nachgang am Gaumen noch nicht gespürt. »Wovon sprichst du?«, fragte er, spürte aber im selben Moment im Mund eine Explosion von Aromen, Noten und Anklängen (Himbeere? Waldfrüchte? Blaubeere?) und rief: »Der ist ja völlig unglaublich!«

Bequem an das Rückgrat der vor ihm stehenden Kuh gelehnt, blickte Modesto Cumba freudig zwischen den beiden hin und her.

»Ich sehe, ihr mögt meinen Wein«, sagte er und grinste bis über beide Ohren.

F. R. wusste nicht, ob er ihn aus Dankbarkeit für diesen wunderbaren Tropfen, den er ihnen kredenzt hatte, umarmen oder ob er ihn auf der Stelle erwürgen sollte, weil er sie in diese bizarre Situation gebracht hatte. Aber da er sich weder für das eine noch das andere entscheiden konnte, streckte er erneut seinen Arm Richtung Santiago Malpás aus und sagte: »Gib mir den Wein noch einmal.«

In den folgenden Momenten nahm sowohl der eine als auch der andere in vollem Bewusstsein die unverzeihliche Taktlosigkeit in Kauf, sich zwar gegenseitig die Flasche anzubieten, den Gastgeber dabei aber geflissentlich zu übergehen. Sie konnten einfach nicht anders. Santiago Malpás nahm einen Schluck, reichte F. R. die Flasche, ließ seinen Arm aber ausgestreckt und wartete, dass F. R. ebenfalls tränke und sie ihm zurückgäbe, sodass dieser den Arm gleichsam ausgestreckt ließ und seinerseits darauf wartete, wieder an die Reihe zu kommen. Zu der ganzen Prozedur gehörte, dass sie nicht mit Lob sparten und das eine oder andere Halleluja anstimmten.

»Es wäre ziemlich ungerecht, jetzt nicht anzuerkennen, welch eine Ehre es ist, dass wir die Gelegenheit bekommen haben, diesen Wein zu verkosten«, räumte der eine ein.

»Ja, ich muss zugeben«, pflichtete der andere bei, »es ist eine Ehre.«

Modesto begnügte sich damit, auf einem Birkenzweig, den er aus seiner Tasche gezogen hatte, herumzukauen, ließ dabei aber seinen Blick zwischen den beiden hin und her wandern, um nicht die kleinste Regung auf ihren Gesichtern zu verpassen, die – wenn man so will – ausdrucksstärker waren als ihre Worte.

»So, so«, meldete sich Modesto Cumba nach einer Weile zu Wort. Er stützte sich immer noch auf den Rücken der vor ihm stehenden Kuh und kaute weiter auf seinem Birkenzweig herum: »Ihr habt mir also verziehen?«

F. R. wusste genau, wo sich der Kamin befand, und ungefähr auch, wo der Tisch gestanden hatte, bis er von den einfallenden Kühen zertrümmert wurde. Also strengte er sich an, dorthin vorzudringen, wo er die beiden anderen Flaschen vermutete, die Modesto Cumba auf den Tisch gestellt hatte, bevor er drei feine, dem edlen Getränk würdige Gläser holen ging. Jetzt, da Modesto so dreist fragte, ob sie ihm verziehen hätten, überkam F. R. schlagartig wieder das ungestillte Verlangen, ihn zu erwürgen. Doch fast im selben Atemzug kam F. R. zu dem Schluss, dass einem derartigen Verlangen nachzugeben bedeutet hätte, seine Schatzsuche zu beenden. Er setzte also seine Erkundungen fort, indem er den Boden behutsam mit dem Fuß abtastete, soweit es möglich war. Auch wenn er es eigentlich nicht zugeben wollte: Zumindest eine weitere Flasche aufzuspüren erschien ihm in diesem Augenblick viel wichtiger, als ein alles erhellendes Verhör zu führen. Allerdings war das Letzte, womit er rechnete, als er jeden Gegenstand, den er am Boden fand, aufmerksam untersuchte, dass die Kühe ihn inzwischen in eine Art Ausscheidung verwandelt hatten.

Kurzes Zwischenspiel für die Liebe

Als Modesto Cumba darauf verzichtete, die Bodegas Máximo Cumba und Söhne S.L. in Fuenmayor, La Rioja, zu übernehmen, stürzte er die Familie damit fast in eine Katastrophe. Zum Glück war der Patriarch zwei Jahre zuvor verstorben und musste nicht mehr miterleben, wie der Stuhl des Geschäftsführers, den von Anbeginn ein Cumba innehatte (Don Máximo höchstpersönlich) und der aufgrund der Erbfolge nun für seinen Erstgeborenen (Modesto) bestimmt war, an einen González gehen würde, genauer gesagt an Antonio González Vivas, »Toño« für die Familie, der gut vorbereitete und mit allen akademischen Ehren bedachte Mann von Concha (Don Máximos ältester Tochter) und Vater von Máximo II. Man musste nur einen Blick auf die Sammlung von Titeln und Masterabschlüssen werfen, die Antonio González Vivas umgehend hinter dem Schreibtisch seines neuen Büros aufhängte, um zu dem Schluss zu kommen, wer in Wirklichkeit dazu bestimmt war, die Leitung eines Betriebes zu übernehmen, der einmal mit vier Weinbergen und einer Kelterei angefangen und sich in eine riesige Gesellschaft mit Besitzungen in fünf oder sechs der Nachbargemeinden von Fuenmayor verwandelt hatte. Die Kelterei war heute eine Fabrik, die mit den technisch besten Anlagen im Dienst der modernen Önologie ausgestattet war. In ihr wurden mehrere Marken produziert, die so berühmt waren, dass in der Verladezone Lastwagen mit Kennzeichen sämtlicher reicher Länder Europas zu finden waren – gar nicht zu sprechen von den zahlreichen Containern, die nach Bilbao und Santander gebracht und von dort aus in fast alle Häfen der zivilisierten Welt verschifft wurden.

Nur wer ihn besser kannte, begriff, dass Modesto Cumba in erster Linie aus Liebe und Respekt dem Unternehmen gegenüber darauf verzichtet hatte, seine Rolle als Erstgeborener zu erfüllen. Modesto wollte das Unternehmen, das sein eigener

Vater gegründet und mit seiner lebenslangen Arbeit zu etwas Besonderem gemacht hatte, nicht in Gefahr bringen, indem er die Geschäftsleitung übernahm. Aber er verzichtete auch aus Liebe dem Boden und insbesondere dem Wein gegenüber. Er war ein leidenschaftlicher Winzer und als Önologe für seine feinen Geschmacksnerven bekannt, aber auf keinen Fall war er ein Geschäftsmann. Weder kannte er die Anforderungen, um einen großen modernen Konzern zu führen, noch interessierten ihn diese. Was er wirklich mochte, waren lange Spaziergänge durch die Weinberge, wenn möglich mit Máximo II. an der Hand, der ihn schon auf seinen Ausflügen begleitet hatte, als er noch so klein war, dass in seinen Hosentaschen Sammelbilder steckten. Modesto tat sein Bestes, um seinem Neffen und Erben das Talent weiterzugeben, mit dem er selbst beschenkt worden war und das alle an ihm schätzten. Sobald die anderen Winzer sahen, wie Onkel und Neffe durch die Weinberge spazierten und von Zeit zu Zeit anhielten, um die Erdkrumen auf der offenen Hand zu prüfen oder mit den Fingern über den rauen Stamm einer Rebe zu streichen, richteten sie es sich so ein – egal, wie weit die beiden noch entfernt waren –, dass sie ihnen wie zufällig über den Weg liefen, um mit Modesto eine Zigarette zu rauchen und über das eine oder andere zu plaudern.

Oft kam es vor, dass sie sich ihm in einer Bar oder mitten auf der Straße näherten, denn sie suchten jede Gelegenheit, um seine Meinung über die Qualität des Bodens und den diesjährigen Wein zu erfahren.

Jedes Mal, wenn es Modesto gelang, das Maximum aus einer offensichtlich mittelmäßigen Ernte herauszuholen, oder wenn er noch rechtzeitig einschritt und eine Weinbrühe, die umzukippen drohte, rettete, machte ihn das sichtlich zufrieden. Es war für ihn ein und dasselbe, ob die Ernte oder die Weinbrühe, die in Gefahr waren, ihm selbst oder einem Bekannten, der ihn um Rat gefragt hatte, gehörten. Für ihn zählte, dass er mit seinem Wissen und seinen Kenntnissen punkten konnte – dies allein erfüllte ihn mit Stolz. Aber Santiago Malpás und F. R. mussten zugeben, dass sie ihn nie so stolz gesehen hatten, wie an dem Tag, an dem er ihnen verkündete, dass sein Neffe Máximo II., der Erbe und Empfänger seiner Weisheit und Erfahrung, nach Chile geschickt wurde, um den Griff der Familie Cumba nach den internationalen Märkten vorzubereiten.

»Ich selbst könnte nicht mehr Ahnung von Trauben und Weinen haben als er«, sagte er kurz und bündig, »und das Beste, was er jetzt tun kann, ist flügge werden.«

Zu Modestos Leidwesen war ihm das von der Natur verliehene Gespür für den Boden und seine Früchte in Bezug auf Frauen versagt geblieben.

»Ich habe in meinem ganzen Leben noch nie jemanden kennengelernt, der weniger fähig ist, eine Beziehung mit einer Frau zu führen als er«, hatte F. R. eines Tages zu Santiago Malpás gesagt – nicht ohne einen gewissen Anflug von Bewunderung, denn er hielt es durchaus für beachtenswert, dass jemand nach drei gescheiterten Ehen noch den Mut aufbrachte, es ein viertes Mal oder so oft, wie es nötig sein sollte, zu versuchen, bis er die perfekte Frau gefunden hätte. Und Modesto schien zu glauben, dass diese perfekte Frau jederzeit und in jeder Situation auftauchen könnte – was vielleicht erklärte, warum es ihm jedes Mal den Atem verschlug und seine Kinnlade herunterklappte, wenn ihm eine attraktive Frau über den Weg lief.

»Und du lässt den Mund nicht offen stehen?«, wollte Santiago Malpás wissen.

»Doch, ich auch«, gab F. R. zu, »aber der Unterschied zwischen ihm und mir liegt darin, dass … Ach verdammt, du weißt schon, worauf ich anspiele.«

»Nein«, sagte Santiago Malpás stur.

F. R. hob verzweifelt die Hände.

»Ist auch egal. Du wirst schon von allein drauf kommen, wenn es so weit ist. Aber hör zu, Schlauberger, auch dir wird der Mund offen stehen, wenn du eine schöne Frau vorbeigehen siehst!«

Wenn Modesto Cumba von seinen Frauen sprach, stellte er einen Gerechtigkeitssinn zur Schau, der ihm bereits jede Menge Spott vonseiten seiner Freunde eingebracht hatte, weil er den Frauen pedantisch Nummern in der Reihenfolge gab, in der sie in sein Leben getreten waren. »Meine erste Frau«, konnte man ihn beispielsweise sagen hören, und damit meinte er eine Norwegerin, die ein gutes Stück älter war als er und die er während seiner Ausbildung in Bordeaux kennengelernt hatte. Sie lebte schon einige Jahre dort und vertrat verschiedene skandinavische Weinhändler. Obwohl F. R. und Santiago Malpás mit den Einzelheiten dieser genauso intensiven wie flüchtigen Ehe wenig vertraut waren, konnten sie sich dennoch des Eindrucks nicht erwehren, dass das Verhältnis zur Hälfte dem Alkohol, zur Hälfte der Fleischeslust geschuldet war. Und dass der junge Auszubildende dabei ähnlich behandelt wurde wie ein Kalb beim Rodeo, das vom Reiter in Sekundenschnelle eingefangen und zu Fall gebracht wird. Den Folgen nach zu schließen, bestand der einzige Unterschied darin, dass ein Rodeoreiter nur so tut, als würde er dem auf dem Boden liegenden Kalb ein Brandzeichen aufdrücken, während der Student, sobald er gefesselt auf dem Boden lag, mit der brennenden Glut einer selbstsüchtigen und nicht erwiderten Liebe fürs Leben gezeichnet wurde.

»Meine zweite Frau«, sagte Modesto und meinte damit Marita López de Oja y Rodezno, die Tochter, Enkelin und Urenkelin reicher Landwirte aus Bañares. Ihre Hochzeit fand statt, kurz nachdem die spanische Botschaft in Oslo ein Papier ausgestellt hatte, das bestätigte, dass die Ehe zwischen dem angehenden Weinfachmann und der Norwegerin vor dem Gesetz nicht die geringste Gültigkeit besaß, da die Norwegerin in ihrem Land bereits verheiratet gewesen war, ein Umstand, der Modesto fast genauso oder sogar noch mehr schmerzte als die Art und Weise, wie diese Undankbare mit ihm umgesprungen war.

Das Beste an der zweiten Ehe war die Hochzeit, die mit allem Pomp gefeiert wurde und einen Höhepunkt im gesellschaftlichen Leben La Riojas darstellte. Beide Familien gaben sich überzeugt, dass sie einen unzerstörbaren Bund schmiedeten, und scheuten deshalb keine Kosten und Mühen für das große Festbankett zu Ehren eines derart bedeutenden Ereignisses: Die Weinberge und die Kelterei des Bräutigams bildeten zusammen mit den natürlich bewässerten Gemüsegärten in der Oja-Ebene, die die Braut einbrachte, ein Vermögen, das wie eine Epitome oder die allgemeine Rechtfertigung einer Zweckehe schien. Das Problem war, dass Modesto in den Augen seiner Schwiegereltern seiner Rolle nicht gewachsen war:

Als die Nachricht in Beñares eintraf, dass Modesto zugunsten seines Schwagers auf seine Rechte als Erstgeborener verzichtet hatte, schaltete sich Matías López de Oja, der Vater der Neuvermählten, umgehend ein und verlangte mit dem in diesem Fall angebrachten Nachdruck – exakt in dieser Reihenfolge – erst die Aussteuer und dann die Braut wieder zurück.

Modestos Dritte war eine Architektin aus Madrid, die überzeugt war, er sei ein gewöhnlicher Großgrundbesitzer und könne die Kelterei von Madrid aus betreiben, genauso wie viele andere Eigentümer ihre Landgüter von der Hauptstadt aus führten, ohne jemals einen Fuß dorthin zu setzen. Als sie sah, wie die Weinberge in Wirklichkeit bewirtschaftet und der Wein hergestellt wurde, dämmerte der Architektin, dass sie einen nicht wiedergutzumachenden Schaden angerichtet hatte und begriff, dass Modesto nach Madrid zu holen nicht nur hieß, ihm die Luft und das Licht zum Atmen zu nehmen, sondern auch jede Möglichkeit, seinen Lebensunterhalt zu verdienen. Als sie sich der Lage bewusst wurde, entschied sie, dass es das Beste sei, sofort das Weite zu suchen, um wieder von Null anzufangen. Und das tat sie auch.

»Ich bitte dich ehrlich um Verzeihung für meine fehlende Sensibilität und dass ich nicht rechtzeitig gesehen habe, was es

bedeutet, einen Kellermeister aus Familien-
tradition zu heiraten«, sagte sie beim Gehen.
Ihre Abschiedsworte trösteten Modesto
nicht, aber wenigstens ließen sie ihn nicht
so am Boden zerstört zurück, dass er den
Ozean nicht überquert hätte, um seine ak-
tuelle Frau aus Kuba zu holen.

Als die drei sich kennenlernten, währte
Modestos vierter Eheversuch noch nicht
allzu lange, und wenn er sich gezwungen
sah, von ihr zu sprechen, schrieb er ihr stets
eine ausführliche und erlesene Liste guter
Charaktereigenschaften zu. Aber Santiago
Malpás und F. R. fiel auch auf, dass Modesto,
obwohl er ein von Natur aus zurückhalten-
der Mensch war, wiederholt auf die körper-
liche Attraktivität seiner jungen Frau und
die unbeschreiblichen Gefühlswallungen
anspielte, die allein schon die Möglichkeit,
sich solch begehrenswerter Reize zu erfreu-
en, in ihm, einem reifen Mann, auslösten.

Mit der Zeit mussten Santiago Malpás
und F. R. erkennen, dass die Frischvermähl-
te nur einen einzigen, allerdings unbestreit-
baren Makel hatte: Sie fühlte sich von ihrem
Mann offensichtlich nicht im Geringsten
angezogen – weder körperlich noch geis-
tig oder gesellschaftlich. Und zum Beweis
dieses himmelschreienden Desinteresses
führten die beiden Freunde für gewöhnlich
ein einziges, aber ausdrucksstarkes Beispiel
an: Seit ihrer Ankunft in Logroño hatte sie

noch keine Zeit gefunden, die Weinkeltereien in Fuenmayor zu besuchen, die die Leidenschaft und das Vermögen ihres Mannes darstellten und somit auch ihren eigenen Lebensunterhalt sicherten. Und über ihr Verhältnis zu den Weinbergen erzählte man sich, dass sie diese lediglich vom Auto aus auf ihren häufigen Reisen nach Madrid, die für Gerede sorgten, gesehen hatte.

»In Madrid lebt eine Schwester von ihr, deren Schwangerschaft sehr kompliziert verläuft«, hatte Modesto Cumba einmal erklärt, um die x-te Reise seiner Frau in die Hauptstadt zu rechtfertigen. Doch als das Kind auf der Welt war, nahmen die Reisen an Häufigkeit und Dauer noch zu, ohne dass Modesto Cumba es noch für notwendig erachtet hätte, die Abwesenheiten seiner Frau zu entschuldigen.

F. R. hegte den Verdacht, diese vierte Ehe habe nur deshalb noch zumindest auf dem Papier bestand, weil Modesto Cumba noch immer heimlich und ergeben in seine junge und attraktive milchkaffeebraune Frau verliebt sei, obwohl diese sich immer weniger zu verbergen bemühte, dass seine Liebe nicht erwidert wurde.

»Armer Kerl«, pflegte F. R. resümierend zu sagen, wie jemand, der eine Lanze für einen Kämpfer bricht, der bei einem Angriff in einem Krieg verwundet wurde, der so süß war wie niemals zuvor ein Krieg.

Erster Versuch,
das Unbeichtbare zu beichten

Obwohl die Flammen, die im Kamin flackerten, schon nicht mehr so viele Funken
schlugen und weniger bedrohlich als noch
kurz zuvor wirkten, stellte der Umkreis des
Feuers weiterhin einen wenig begehrten
Ort für die Kühe dar. Die unvermeidliche
Folge war, dass die Masse aus Nutztieren
die drei schließlich wie in einer Zentrifuge
genau dorthin trieb. F. R. war der Erste, der
ausgestoßen wurde, vielleicht weil er so sehr
darin vertieft war, den Boden nach Flaschen
abzutasten, dass er gar nicht merkte, wie er
zu einem seltsamen Spielball geworden war,
der nun von den Kühen »ausgeschieden«
wurde.

Santiago Malpás und Modesto Cumba wiederum leisteten keinen Widerstand,
denn anders als die Kühe hielten sie die
Nähe des Feuers für ein gemütliches Plätz-
chen, und als sie peristaltische Pressionen
spürten, die zum Ziel hatten, sie auszuson-
dern, entschlossen sie sich, die Gelegenheit
beim Schopf zu packen: Hier ein wenig ge-
drückt, dort ein wenig gegengehalten und
dabei die Ellbogen und Hüften zu Hilfe
genommen, dauerte es nicht lange, und sie
fanden sich bei F. R. unter der Abzugshaube
wieder.

»Ich sehe mal, wie ich ein bisschen Platz machen kann«, sagte F. R. Da er als Erster angekommen war, glaubte er, verpflichtet zu sein, die Rolle des Gastgebers zu übernehmen. Er griff nach einem glühenden Holzscheit und schwenkte es über den Rücken der Kühe, auch wenn es auf der Hand lag, dass er nicht nur die Rinder zurücktreiben und auf diese Weise etwas mehr Platz schaffen, sondern auch nachsehen wollte, ob die erschreckten Tiere wenigstens eine der verlorengegangenen Flaschen wieder herausrückten.

»Wenn du den Viechern weiter so einen Schrecken einjagst, wirst du nur erreichen, dass sie uns aufspießen«, warnte Santiago Malpás, der bemerkt hatte, dass die von Natur aus friedfertigen Tiere immer aggressiver reagierten.

»Mehr als die Aussicht, dass sie uns einen Fußtritt oder einen Hornstoß verpassen«, sagte F. R., als er den glühenden Scheit in das allmählich verlöschende Feuer zurücklegte, »besorgt mich die Tatsache, dass es kein Holz zum Nachlegen gibt. Deswegen wird es hier drinnen bald nicht nur höllisch kalt sein, sondern die Tiere werden uns niedertrampeln, sobald das Feuer sie nicht mehr auf Distanz hält.«

»Was soll das heißen, es gibt kein Brennholz?«, rief Santiago Malpás und blickte sich hastig um. Instinktiv drehten sich die beiden zu Modesto, der, die Ellbogen auf die Knie gestützt und das Gesicht in den Händen verborgen, auf einer der zu beiden Seiten des Kamins stehenden Truhen saß. Und da ein derart sprechendes Bild der Verzweiflung nicht allein von fehlendem Brennholz herrühren konnte, schauten sich Santiago Malpás und F. R. verwundert an.

Modesto musste gehört haben, was seine Gäste sagten und taten, denn er stand unverzüglich auf, zog das Kuhleder, das ihm als Sitzpolster gedient hatte, beiseite und klappte den Deckel der Truhe auf. Wie sie jetzt sehen konnten, war darin eine beruhigende Anzahl von Holzscheiten verstaut. Danach betätigte er eine Eisenklappe, die sich neben dem Kamin befand, und öffnete so den alten Backofen des Hauses, der jetzt als Vorratskammer diente. Er nahm einen Laib Brot und eine Ölkaraffe, in der kleingehackter Knoblauch schwamm, heraus; dann ein Stück Käse und ein Stück gebratener Schweinelende sowie eine Dose Oliven und eine Dose gegrillte Paprika. Nachdem er alles auf die Truhe auf der anderen Seite gestellt hatte, stieg er vorsichtig auf die, auf der er gesessen hatte, und suchte zwischen den Dachbalken, bis er zwei Flaschen fand, von denen er mit einem Taschentuch den Staub wischte.

»Es ist nicht derselbe Wein wie vorher«, sagte er und es klang fast wie eine Entschuldigung, »aber er stammt auch aus meiner Kelterei, und ohne falsche Bescheidenheit kann ich euch versichern: Er ist sehr lecker.«

»Lass mal sehen«, sagte F. R., der sich sofort die Flaschen schnappte. Nachdem er sich eine unter den Arm geklemmt und die andere in der behelfsmäßigen Vorratskammer abgestellt hatte, kramte er in seinem prall gefüllten Hirtenbeutel, bis er seinen Ersatzkorkenzieher und ein kleines Teleskopglas aus zieliertem Silber herauszog.

»Ich brauche etwas zum Schneiden«, murmelte Santiago Malpás und sah sich, den Brotlaib in der Hand, nach einem weiteren Versteck um, in dem er auf ein Messer stoßen könnte.

»Nimm meins, aber pass auf. Es ist scharf wie ein Rasiermesser«, sagte F. R. und reichte Santiago Malpás ein herrliches Klappmesser. Der Griff bestand aus einem riesigen Wildschweinhauer, der zu einem seiner Beute nachsetzenden Windhund geschnitzt war. »Ich habe es beim Fährmann in Flix für eine Mütze von Real Saragossa eingetauscht«, fügte er hinzu, zufrieden, dass Santiago Malpás diesen ihm bislang unbekannten Gegenstand mit glänzenden Augen in Empfang nahm.

Kurz darauf waren beide in ihre jeweiligen Aufgaben vertieft: Der eine öffnete die Flasche, füllte das Glas bis zur Hälfte, probierte den Inhalt und befand ihn für gut – ohne jedoch, wie beim letzten Mal, die höchsten Töne anzuschlagen –, der andere schnitt dicke Scheiben vom Brot, besprenkelte sie mit Knoblauchöl und legte dann eine großzügige Scheibe Idiazábel oder eine Scheibe von der Schweinelende mit der charakteristischen Pfeffernote darauf.

In diesem Moment entschloss sich Modesto Cumba endlich zu reden.

»Ich bedauere es zutiefst, dass ich euch um Hilfe gerufen habe«, sagte er und machte eine Geste, die zwischen Verzweiflung und Ohnmacht schwankte, »aber wie hätte ich voraussehen können, dass dieses Treffen in eine solch groteske Situation ausarten würde.«

Noch kurz zuvor hätte Modesto Cumbas Entschuldigung bei F. R. eine heftige Reaktion provoziert, und Santiago Malpás wäre ihm, vielleicht etwas gemäßigter, beigesprungen. Doch jetzt, mit einer gerade geöffneten Flasche Wein, einem Sortiment an Lebensmitteln, das genügte, den morgendlichen Hunger zu stillen, und der Gewissheit, über einen Brennholzvorrat zu verfügen, der ihnen nicht nur Wärme spenden, sondern auch die Kühe in einer vernünftigen Distanz halten würde, war ihm eher nach Solidarität als nach Streit zumute. Statt also Modesto weiter Vorhaltungen zu machen und Ansprüche zu erheben, griff F. R. nach den Kuhledern auf den

Truhen und drapierte sie so auf dem Boden, dass sie zum einen als Stütze, zum anderen als trennende Barriere zu ihren tierischen Nachbarn dienten.

Anschließend machten sie es sich bequem, lehnten sich an die Truhen und reichten sich das volle Weinglas weiter, während sie gehörige Mengen an Käse und Wurst zu Paprika und in Knoblauchöl getränktem Brot verspeisten. Bis Modesto, nachdem der ärgste Hunger und Durst gestillt war, seine Sprache wiederfand.

»Ich bedaure es, dass ich euch hierher geholt habe. Es war wirklich ein Fehler, euch in diese fatale Angelegenheit mit hineinzuziehen. Aber es ist noch nicht zu spät: Wir können das Ganze noch abblasen. Ihr fahrt morgen in aller Frühe wieder nach Hause, geht euren normalen Beschäftigungen nach und lasst mich das Problem auf meine Weise lösen.«

»Fehler, Probleme, fatal, ›gleich morgen nach Hause fahren‹«, wiederholte F. R. mit spöttischem Unterton, während er eine dicke Scheibe von dem Käse schnitt. »Verstehst du, wovon dieser Mann spricht?«, fragte er mit aller Ruhe der Welt, als er Santiago Malpás den Käse reichte.

»Keine Ahnung«, erwiderte der Beschenkte mit derselben Gelassenheit, nahm den ihm angebotenen Käse entgegen und nippte weiter an seinem zweiten Glas Wein.

»Mmmm. Der Wein ist zwar nicht ganz so phantastisch wie der erste, aber er läuft doch wunderbar die Kehle hinunter.«

»Ja, vielleicht hat er nicht so viel Körper, aber dafür ist er leichter.«

»Geschmeidiger, wenn du mir einen so kitschigen Verbesserungsvorschlag erlaubst.«

»Ja, du hast Recht, auch wenn ich zum ersten Mal in meinem Leben höre, dass jemand einen Wein als ›geschmeidig‹ bezeichnet.«

»Das liegt vielleicht daran, dass die Weinverkoster so viel Schwachsinn verzapfen, wenn sie ein Gläschen in der Hand schwenken.«

»Es reicht jetzt, ihr beiden«, mischte sich Modesto sichtlich gereizt ein. »Ich versuche, ernsthaft mit euch zu reden.«

»In Ordnung, lass uns ernsthaft miteinander reden«, stimmte Santiago Malpás zu. »Aber erklär mir eine Sache, die mir seit unserer Ankunft nicht mehr aus dem Kopf geht. Wer, glaubst du, könnte uns bis hierher gefolgt sein?«

Modesto schien gerade seine Gedanken zu ordnen, um sie so klar wie möglich darzulegen, und war sichtlich überrascht von der Frage, mit der er so nicht gerechnet hatte. Dennoch wollte er zunächst ohne Umschweife antworten, überlegte es sich dann aber anders, kratzte sich am Kopf und sagte, während er von Neuem seine schon bekannte Geste zwischen Ohnmacht und Verzweiflung andeutete:

»Ich hatte befürchtet, der Killer, den meine kubanische Frau auf mich angesetzt hat, könnte euch gefolgt sein.«

Nun waren es Santiago Malpás und F. R., die es eiskalt erwischte: Sie warfen sich einen dieser langen Blicke zu, mit denen man sich normalerweise versichert, dass der andere genau dasselbe vernommen hatte. Denn es fiel nicht gerade leicht, die Ungeheuerlichkeit, die Modesto Cumba gerade frisch von der Leber weg zum Besten gegeben hatte, zu glauben. Ein Killer, beauftragt »von meiner kubanischen Frau«. Genau das hatte er gesagt.

»Bist du dir sicher …?«, setzte Santiago Malpás an, aber F. R. fiel ihm ins Wort:

»Auch wenn ich kaum glauben kann, was du da sagst – wenn es stimmt, dass dein Leben in Gefahr ist, wäre es doch das Logischste gewesen, Anzeige bei der Polizei zu erstatten, statt dich an einem Ort wie diesem zu verstecken und dazu noch zwei Nieten wie uns zu Hilfe zu rufen. Glaubst du wirklich, wir wüssten, was zu tun ist, wenn dein Mörder hier plötzlich aufkreuzt?«

In der folgenden hitzigen Diskussion sah sich Modesto Cumba umgehend von einem Santiago Malpás in die Enge getrieben, der sich darum bemühte, der Situation mit etwas mehr Vernunft zu begegnen und

gleichzeitig ein allzu gewalttätiges Eingreifen F. R.s zu verhindern. Doch dieser blieb
seltsamerweise von sich aus stumm und begnügte sich damit, das Glas nachdenklich
mit den Fingern kreisen zu lassen und es ab
und zu an die Lippen zu setzen, nur des Ver-
gnügens wegen zu spüren, wie der Wein sich
langsam in seinem Mund verdünnte. Doch
dann beugte er sich plötzlich nach vorne
und legte Santiago Malpás eine Hand auf
den Arm, um ihn auf sich aufmerksam zu
machen.

»Ich weiß jetzt ...«, sagte er leise und ausschließlich an den Verleger gerichtet, so
als säße Modesto nicht vor ihnen oder als
könnte dieser nicht verstehen, was er sagte,
»... warum er es vorgezogen hat, zwei Nieten
wie uns zu Rate zu ziehen, statt sich an die
Polizei zu wenden: Er verfügt über keinerlei
Beweise, dass seine Frau einen Killer beauftragt hat, und deshalb muss er befürchten,
sich zum Gespött ganz Logroños zu machen,
habe ich Recht?«, fragte er und wandte sich
dabei wieder abrupt an Modesto.

Den Blick starr auf das Kuhleder gerichtet, auf dem er saß, musste der Angesprochene zugeben, dass er keine Beweise, das
heißt ›gerichtsverwertbares Material‹, besaß. Doch er hatte immer noch die Worte
seiner Frau in den Ohren, die zu ihm gesagt
hatte: »Na schön. Du hast meine Kreditkar-
ten gesperrt und deine Banken angewiesen,

keine von mir ausgestellten Schecks mehr anzunehmen. Und sollte ich doch noch mit dem Geld und dem Grundbesitz gerechnet haben, die mir bei einer Scheidung zustehen könnten, hast du mir soeben zu verstehen gegeben, dass ein von dir beauftragter Privatdetektiv mehr als genug Beweise gesammelt hat, um zu zeigen, dass ich mit dem Geld, das ich dir abgenommen habe, in Madrid eine Wohnung gekauft habe, und dass in dieser Wohnung ein Mann lebt, mit dem ich ins Bett gehe. Na schön, du hast gewonnen. Ich fechte die Gültigkeit dieser Beweise nicht an. In den Augen eines Richters machen sie jeden Anspruch meinerseits auf noch mehr Geld von jetzt an zunichte. Aber hör gut zu, was ich dir sage: So wie du es für legitim erachtet hast, einen Privatdetektiv einzuschalten, fühle ich mich frei, einen Mörder zu beauftragen, um deinem Leben ein Ende zu bereiten. Und ich rate dir, pass auf, wer dir von jetzt an folgt, denn der von mir Gesandte kann jederzeit zuschlagen, schon morgen.«

Nachdem Modesto Cumba seine Version der Drohungen, die ihm von seiner kubanischen Frau an den Kopf geschmettert worden waren, geschildert hatte, hielt es F. R. nicht einmal für notwendig, ihn zu fragen, ob er glaubte, dass sie in der Lage sei, diese Drohungen auch wahrzumachen, denn offensichtlich glaubte Modesto fest daran.

»Dieser Detektiv, von dem du gesprochen hast ...«, schaltete sich Santiago Malpás ein, während er ein Stück Dörrfleisch entgegennahm, »... hat er dir gesagt, was das für ein Liebhaber ist?«

»Du meinst, der Typ könnte auch die Rolle des Mörders übernehmen, wenn es darauf ankommt? Dazu steht nichts im Bericht des Detektivs, aber vielleicht reicht dir Folgendes als Anhaltspunkt: Von diesem Subjekt ist kein Beruf bekannt, und es treibt sich ausschließlich mit Zuhältern, Frauenhändlern und Dealern rum. Aber ich bin mir nicht sicher, ob diese Dinge es erlauben, in ihm einen potenziellen Killer zu sehen.«

»Korrigiert mich, wenn ich die Lage, so wie sie sich mir darstellt, falsch einschätze«, sprudelte es aus F. R. heraus: »Nachdem sie dir also gedroht hat, hast du eingesehen, dass ein gemeinsames Leben nicht mehr möglich ist, und es für das Klügste gehalten, hier Unterschlupf zu suchen, nachdem du ihr ein paar Tage Zeit eingeräumt hast, damit sie ihre Sachen packen und aus dem Haus in Logroño ausziehen kann. In diesem Fall würde unsere Anwesenheit erstens deinem Wunsch folgen, in diesen für dich so schwierigen Tagen nicht allein zu sein, und zweitens dem Kalkül, dass wir dir, sobald wir wieder unseren Geschäften nachgehen, weiter als Laufburschen dienen können, zum Beispiel, um einmal bei deinem Haus in Lo-

groño vorbeizufahren und nachzusehen, ob
sie auch wirklich mit ihren Siebensachen
verschwunden ist. Liege ich da ungefähr
richtig?«

Ja, das waren in etwa Modestos Überle-
gungen, obwohl eine wichtige Nuance fehle,
die der Diskretion nämlich, wie er betonte. Er wollte, dass alles mit größtmöglicher
Ruhe und Verschwiegenheit ausgeführt
wurde. Schließlich war er eine sehr bekannte Persönlichkeit in Logroño und stammte
aus einer ehrenwerten Familie. Das Letzte,
worauf er es anlegen würde, war, einen öf-
fentlichen Skandal auszulösen und sich in
eine haarsträubende Geschichte mit einer
Frau verwickeln zu lassen, die wiederum in
Verbindung zu einem Typen stand, der seinerseits mit Zuhältern und Frauenhändlern
verkehrte. Niemals.

»Aber was passiert«, überlegte F. R. laut,
»wenn wir nach Logroño fahren und entdecken, dass sich María Magdalena im Haus
verschanzt hat, und ihr Freund und mehrere
seiner Kumpel ihr Gesellschaft leisten? Rufen wir dann die Polizei, um sie mit Gewalt
rauswerfen zu lassen?«

Was für eine schreckliche Vorstellung!
Nein, natürlich nicht. Modesto würde sie als
Diplomaten, nicht als abschreckende Schlä-
gertypen schicken. Falls sich eine derarti-
ge Vermutung bestätigen sollte, würde ihre
Rolle darin bestehen, mit den Besetzern zu

reden und eine diskrete und friedliche Räumung auszuhandeln. Auch wenn diese ihn sicher eine Stange Geld kosten würde, war es ihm lieber zu zahlen, als zum Gerede von ganz Logroño und La Rioja zu werden.

Auftauchen einer nur zu ahnenden Fährte, die aber ganz danach aussieht, die richtige zu sein

»Ich denke nun schon eine Weile über die ganze Sache nach, aber so, wie sie Modesto schildert, ist da etwas, auf das ich mir absolut keinen Reim machen kann«, sagte F. R. wieder ausschließlich an Santiago Malpás gerichtet; er hatte herausgefunden, dass die Taktik, Modestos Anwesenheit vollständig zu ignorieren, diesen rasend machte, was dazu führen konnte, dass er Dinge sagte oder Informationen preisgab, die er bei klarem Verstand lieber für sich behalten hätte. »Ich glaube, es herrscht Klarheit darüber, dass María Magdalena sich wie eine Verbrecherin verhalten hat: Sie hat ihm Geld aus der Tasche gezogen, um eine Wohnung für ihren Liebhaber zu kaufen. Sie hat auch bewiesen, dass sie Modestos Vertrauen nicht verdient, und wir reden hier nicht von der Liebe, die er noch immer für sie empfindet. Aber vor allem hat sie sich töricht verhalten, weil sie sich so leicht auf die Schliche kommen ließ und ihr nun vor Gericht die Argumente ausgehen werden. Oder?«

»Alles richtig, aber ich sehe nicht, worauf du dir keinen Reim machen kannst. Ich habe den Eindruck ...«

»Warte mal, lass mich erst zu Ende kommen. Was mich stutzig macht, ist ihre unverhältnismäßige Reaktion, denn letztlich ist sie in ihre eigene Falle getappt, und unter normalen Umständen hätte sie einfach die Klappe gehalten, ihm vielleicht nur seine eigene Beschränktheit vorgehalten. Aber sie hat nicht nur das nicht gemacht: Sie droht ihm auch noch, einen Killer zu bezahlen. Ich hege schon seit geraumer Zeit den Verdacht, dass das nicht die ganze Wahrheit ist. Dass uns Modesto etwas verheimlicht.«

»Was denn?«

»Etwas, das eine derart aus dem tiefsten Inneren kommende Reaktion rechtfertigt. Zum Beispiel ein Betrug. Oder eine verletzte Ehre, die nur durch das Vergießen von Blut vergolten werden kann.«

»Stimmt. Gut beobachtet, F. R. Ich wäre selbst nicht darauf gekommen, aber jetzt, wo du es sagst, erscheint mir das Ganze überaus logisch.«

Nachdem auch Santiago Malpás der Meinung war, dass sie sich möglicherweise auf

der richtigen Spur befanden, legte F. R. einen
Zahn zu und erlangte beiläufig auch das Mo-
nopol über das Weinglas. F. R. erklärte, dass
ihm jetzt nichts ferner läge, als in ein ras-
sistisches, machohaftes und fremdenfeind-
liches Gerede zu verfallen und dieses für seine Meinung zu verkaufen. Aber gleichzeitig
betonte er, dass er ja nichts Neues sagen
würde, wenn er daran erinnerte, dass unsere
Künstler und Fernsehmoderatoren seit einigen Jahren nach Kuba in Urlaub fahren und
mit prächtigen Exemplaren – Männlein oder
Weiblein in der Fülle ihres Lebens, nur so
vor Vitalität strotzend und mit Gesichtszügen und Körpern, die eine unerschöpfliche
sexuelle Erfüllung verhießen – heimkehren
würden. Und F. R. glaubte sich auch nichts
aus den Fingern zu saugen, wenn er auf die
Beflissenheit der auf ›Society-News‹ spezi-
alisierten Zeitschriften und Fernsehsendun-
gen hinwies, die ihr Publikum mit entsetzli-
chen Geschichten bombardierten über das,
was passierte, wenn diese prächtigen Exemplare von Männlein oder Weiblein, die man
soeben vor ihrem schrecklichen Schicksal
auf der Insel gerettet hatte, nun nicht nur
ihre Versprechen sexueller Erfüllung wider-
riefen, sondern auch, kaum hatten sie ihre
Aufenthaltspapiere erhalten, ihr Verhalten
radikal änderten und ihre schlechte Meinung von ihren vermeintlichen Wohltätern
ungehemmt zum Ausdruck brachten.

»Ich weiß wirklich nicht, worauf du hinauswillst«, bemerkte Santiago Malpás, während Modesto trotz der Irritation, die die Taktik, ihn zu ignorieren, bei ihm auslöste, zu erkennen gab, dass er F. R.s Vortrag sehr und – so könnte man anfügen – immer besorgter verfolgte.

»Ich will auf das Kind zu sprechen kommen. Für viele dieser Frauen, die aus erbärmlichen sozialen Umständen stammen und eingewandert sind, bedeutet ein Kind von ihrem ›Wohltäter‹ zu empfangen, so etwas wie eine Lebensversicherung oder eine private Rentenvorsorge. Und da wir im vorliegenden Fall vernünftigerweise davon ausgehen können, dass es kein Kind gibt, nicht einmal eins unterwegs ist« – als er an diesen Punkt kam, wandte sich F. R. plötzlich wieder Modesto zu, sah ihm direkt in die Augen und warf ihm an den Kopf: »Liege ich falsch in der Annahme, dass deine Frau so wütend auf dich ist, weil sich die Aussicht auf ein gemeinsames Kind nicht erfüllt hat? Oder vielleicht noch schlimmer: Gab es in der Zwischenzeit einen erzwungenen Schwangerschaftsabbruch? Nein, nein, schon gut, du brauchst Letzteres nicht zu beantworten. María Magdalena ist eine viel zu starke Frau, als dass sie abtreiben würde, wenn sie es selbst nicht wollte. Und trotzdem bin ich mir sicher, dass ich der wahren Erklärung dessen, was geschehen ist, ziemlich nahegekommen bin. Habe ich Recht?«

»Modesto …«, schaltete sich Santiago Malpás ein, als er sah, dass der Gastgeber – zum einen aufgrund der emotionalen Anspannung, aber hauptsächlich aufgrund der Ohnmacht, die ihn überkam, weil er so behandelt wurde, als würde es ihm an Verstand und Worten mangeln – den Tränen nahe war, »… ich verstehe, dass das, was passiert, nicht angenehm ist, aber gib zu, dass du derjenige bist, der uns in diese Sache hineingeritten und damit auch das Recht gegeben hat, herauszufinden, auf was wir uns da eigentlich eingelassen haben.«

Eintreffen der Verstärkung und eine selbst herbeigeführte Explosion

»Bitte …«, konnte Modesto Cumba gerade noch mit dünner Stimme flehen. Doch selbst wenn es ihm gelungen wäre, noch etwas mehr von sich zu geben, hätten es die Adressaten seines Bekenntnisses nicht mehr vernommen, denn just in diesem Augenblick kam es in den Reihen der tierischen Hausbesetzer zu einem Aufruhr, und ohne Vorankündigung drangen sie in den Bereich um das Feuer vor, den sie vorher bereitwillig freigelassen hatten. Und da sie dabei die beiden Truhen gegen die Wand schoben, die Sitzgelegenheit und Barriere zugleich gewesen waren, sahen diejenigen, die sich in dem besagten privilegierten Raum aufgehalten hatten, keinen besseren Ausweg als auf die Truhen zu klettern und sich an den Balken festzuklammern, um den neuerlichen Angriffen der Rinder standzuhalten.

Wenigstens erlaubte diese herausgehobene Position es ihnen zu sehen, dass der Grund für die neuerliche Unruhe die letzten Nachzügler waren, eine Herde von fünf, sechs Kühen, deren Stirn und Rücken von einer dicken Schneeschicht bedeckt waren und an deren Hörnern einige Eiszapfen hingen. All das sprach Bände von der harten Nacht, die sie draußen im Unwetter verbracht haben mussten. Und erklärte nebenbei ihr dringendes Bedürfnis, Schutz unter einem Dach zu suchen, und auch die Brutalität, mit der sie ihren Artgenossen zusetzten, die sich auf der anderen Seite der Schwelle einer Tür befanden, die sie Stunden zuvor in derselben Not selbst in Stücke getreten hatten.

Die neue Invasion führte zu einer Art statischer Flucht, denn der Widerhall von Klauen, der Zusammenprall von Hörnern, das Schnauben und die Kraftanstrengungen hörten sich genauso an, als stöben die Kühe panisch in alle Richtungen auseinander, nur richtete sich alles auf ein genau entgegengesetztes Ziel: Sie wollten verhindern, von ihrem Platz verdrängt zu werden. Doch die Nachzüglerinnen gingen die Situation mit der Stirn an und bedienten sich dabei ihrer Hörner als letztem Argument. Die ersten Kühe, die diese Stöße abbekamen, brüllten und setzten ihrerseits die Hörner ein, sodass die Masse aus Rücken und Hörnern von einer langsamen, aber unnachgiebigen Rotationsbewegung erfasst wurde, die auch die Tiere neben dem Kamin mitschleifte. Diese wurden, weil nicht genug Platz war, gegen ihren Willen in Richtung Feuer geschoben. Und obwohl es ihnen gelang, im letzten Moment zur Wand hin auszuweichen, kam es durch den auf die Truhen ausgeübten Druck zu dem Moment, in dem diese nicht mehr widerstehen konnten und zerbarsten, sodass diejenigen, die darauf gestanden hatten, nun auf der Masse der Rücken landeten, und bestimmt hätte es nicht lange gedauert, bis sie darin untergegangen wären, wenn sie sich nicht mit ganzer Kraft an den erstbesten Kuhnacken geklammert hätten.

Obwohl die Situation wieder einmal alles andere als angenehm war, zeigten sie sich diesmal nicht überrascht, und auch wenn die Drehbewegung klar und deutlich wahrzunehmen war, barg sie weder eine Gefahr noch Unannehmlichkeiten, solange man sich ihr nicht entgegenstellte und sich einfach von ihr mitreißen ließ. Außerdem waren sowohl F. R. als auch Santiago Malpás fest davon überzeugt, dass sie die Fährte aufgespürt hatten, die sie schnurstracks zur Wahrheit führen würde, und nichts und niemand würde sie jetzt noch davon abhalten. Indem sie sich durchaus mit System gegenseitig ins Wort fielen, analysierten sie die möglichen Gründe dafür, warum die Gekränkte so leidenschaftlich reagiert und einen Killer beauftragt hatte. Um herauszubekommen, was sie wissen wollten, bedienten sie sich der direkten Fragen, aber auch der Strategie des Ignorierens, denn beide hatten mittlerweile gemerkt, dass Modesto auf diese Weise aus der Fassung gebracht und dazu verleitet wurde, schwerwiegende Fehler zu begehen. Zum Beispiel rief er, als er sich von F. R. in die Ecke gedrängt fühlte, zu seiner Verteidigung aus:

»Es war ein wirkungsvoller, aber irriger Rat, das ist alles.«

Ein irriger Rat? Eine wahre Fundgrube! Hätten nicht mindestens sechs Kühe zwischen ihnen gestanden, F. R. und Santiago Malpás hätten einander die Hände abgeklatscht, um ihrem Jubel Ausdruck zu verleihen. Um was für einen irrigen Rat hatte es sich wohl gehandelt? Einen wirtschaftlichen, juristischen, medizinischen?

»Ich gehe mal davon aus, dass du dich auf diesen falschen Rat gestützt und mit Vorsatz und Heimtücke gehandelt hast.«

»Und vielleicht auch in der Nacht und den Sex verteufelnd.«

»Na klar … der Sex. Was ist eigentlich daraus geworden? Als du am Anfang von ihr sprachst, hast du den beneidenswerten Eindruck gemacht, deine Nächte glichen einem fortwährenden Fest.«

»Hatte sie genug? Ist dir die Kraft ausgegangen und damit auch die Lust?«

»Ich weiß schon. Als sie die hinterhältige Falle entdeckte, die du ihr gestellt hattest (egal welche), hat sie nicht nur sofort das Fest abgebrochen, sondern dir auch mit dem Tod gedroht. War es nicht so?«

Später, wenn die beiden die Ereignisse dieser Nacht noch einmal Revue passieren lassen würden, kämen sie zu dem gemeinsamen Schluss, dass sie ihn zu sehr unter Druck gesetzt hatten, denn plötzlich rief Modesto gereizt aus:

»Es reicht jetzt, mein Gott! Wollt ihr mich denn nie in Ruhe lassen?«

Aber was tat er da! Als er den bangen Schrei ausstieß, mit dem er protestierte, und um etwas Raum zum Atmen winselte, boxte er der herrlichen Betizu-Kuh, auf der er sich wie ein Schmarotzer festgeklammert hatte, in den Rücken und gab ihr gleichzeitig einen derben Fußtritt in den Euter. Und da es sich um ein starkes, sich in der Fülle seines Lebens befindendes Tier handelte, muhte sie, als sie sich jetzt so hinterlistig und gleich doppelt angegriffen fühlte, derart laut, dass ihre Nachbarinnen erschreckten. Gleichzeitig bockte sie gewaltsam aus, um den Angreifer, der sich fest an ihren Nacken klammerte, abzuschütteln. Das führte dazu, dass die statische Flucht, die seit einer ganzen Weile ausgesetzt hatte, plötzlich wieder losbrach und die zurückgehaltene Bewegung ihre kinetische, in alle Richtungen ausstrahlende Energie wiedererlangte. Die Wände konnten so viel gleichzeitigem Druck nicht mehr standhalten, und die ganze Schäferhütte barst auseinander. Mehrere Seitenwände und ein Teil des Obergeschosses stürzten ein. Glücklicherweise kam dieses nicht senkrecht und auf einen Schlag herunter, sodass die Kühe Zeit hatten, unversehrt durch die Löcher zu entkommen, die sich dort auftaten, wo sich vorher Wände befunden hatten. Die drei Männer versuchten, sich nicht von den flüchtenden Tieren mitreißen zu lassen, und blieben lieber in der Hütte, nachdem sich herausgestellt hatte, dass das Dach auf halber Höhe von sechs oder acht Steinsäulen aufgefangen worden war.

»Geht es euch gut?«, hörten sie Modesto Cumba in einer Wolke aus Gips fragen, die ihnen die Sicht auf das, was geschehen war, nahm.

»Mir schon«, hörte man F. R. sagen, »mir ist nichts passiert.«

»Mir auch nicht«, sagte Santiago Malpás.

»Señor Modesto Cumba?«

Diesmal kam die Stimme von draußen und war ihnen völlig unbekannt. Und aus irgendeinem Grund verfielen sowohl der Angesprochene als auch seine Gäste in vollkommenes Schweigen.

»Señor Modesto Cumba, wir sind Waldhüter und sind auf Bitten Ihrer Schwester, Doña Concepción González, hergekommen. Geht es Ihnen gut?«

Mittlerweile hatte sich die Gipswolke gelegt, und sie konnten an ihren Gesichtern ein Gefühl der Erleichterung ablesen, das sich eingestellt hatte, als sie sahen, dass es sich um echte Waldhüter und nicht um den unwahrscheinlichen, lächerlichen, unglaubwürdigen und verachtenswerten Auftragsmörder handelte. Die drei gingen nach draußen.

Abschied mit der jedem Auseinandergehen eigenen Melancholie

Die Waldhüter (zwei kräftige, fast beleidigend gesund aussehende Burschen) verschwendeten keine Zeit auf Grußformeln oder langwierige Erklärungen. Sie waren gekommen, weil Doña Concepción González (die ältere Schwester Modestos und Mutter von Máximo II.) sie gebeten hatte, in die Sierra hinaufzufahren, um nach dem Kellermeister zu suchen.

»Die Weinleser streiken«, sagte einer der beiden, »und die Gewerkschaftsvertreter fordern, dass Don Modesto an den Verhandlungen teilnimmt.«

»Ihre Schwester«, meldete sich der andere zu Wort und fiel ebenfalls mit der Tür ins Haus, »ist der Meinung, dass es nicht notwendig sei, Sie daran zu erinnern, dass die Trauben jeden Tag, den sie länger an der Rebe hängen, an Qualität verlieren und dass der Wein nachher nicht so gut wird.«

Es war ein kurzer, aufregender, aber in erster Linie professioneller Abschied. Der Streik der Weinleser und eine Traubenernte, die Gefahr lief auszufallen, sowie das beherzte Eingreifen seiner Schwester Concha (die eine Art weiblicher Don Máximo war) genügten, um den strapazierten Winzer zurückzuholen, den Schöpfer wunderbarer Weinbrühen, den Modesto Cumba, den sie kannten.

Und der Modesto Cumba, den sie kannten, lauschte bereitwillig dem, was Santiago Malpás und F. R. ihm zu sagen für notwendig hielten. Im Großen und Ganzen sprach einer nach dem anderen, sie fielen sich aber auch gegenseitig ins Wort, weil sie nichts Wesentliches vergessen wollten.

»Und das Wichtigste ist«, sagte einer der beiden, »die Weinernte, koste es, was es wolle, fortzusetzen und den normalen Betrieb in der Kelterei wieder aufzunehmen.« Darauf müsse er seine ungeteilte Aufmerksamkeit richten und andere, ihn womöglich davon ablenkende Angelegenheiten hintanstellen. »Um nicht lange um den heißen Brei herumzureden ...«, präzisierte der andere, »... die Eheprobleme.«

»Deswegen«, fuhr der eine von ihnen fort, »wäre es das Vernünftigste und Effektivste, wenn du die Lösung deiner weltlichen Angelegenheiten in die Hände einer Person legst, die dein vollstes Vertrauen genießt und die bewiesen hat, dass sie einen starken Charakter besitzt und sich durchsetzen kann.«

»Wie zum Beispiel deine Schwester Concha«, warf der andere ein. Ja, klar, Concha. Sie war eine starke, rassige Frau (»Das meine ich im besten Sinne des Wortes und ohne jemanden beleidigen zu wollen, ja!?«) wie María Magdalena selbst und deswegen die ideale Person, um zu erreichen, dass die Nervensäge friedlich das Haus verlässt und diese wahnwitzigen Ideen wie die, einen Killer anzuheuern, und alle anderen Spinnereien, die ihr oder dem Zuhälter künftig noch in den Sinn kommen könnten, aufgibt.

Modesto zeigte sich einmal mehr von seiner höflichen Seite: Die Vorschläge seiner Freunde stießen bei ihm auf offene Ohren, und er entschuldigte sich erneut, dass er sie nicht nur zu einem unpassenden Zeitpunkt, sondern auch völlig unüberlegt an diesen Ort hatte kommen lassen, und dabei gelang es ihm sogar noch, es so zu drehen, dass die Ratschläge seiner Freunde im Nachhinein seinen Hilferuf rechtfertigten.

»Ich dachte zuerst, ich hätte Botschafter gerufen, die vielleicht nicht die geeignetsten wären, um die Mission auszuführen, mit der ich sie betrauen wollte. Aber nun stelle ich fest, dass ich mir in Wirklichkeit die besten Boten geholt habe, die ein Mann in meiner Lage nur haben kann.«

Nachdem er das gesagt hatte, verschwendete Modesto Cumba keine Zeit mehr auf formelle Verabschiedungen oder die Andeutung müßiger Pläne, was ihre Zukunft anging, die sich von Neuem ohne ein Wölkchen am Himmel oder eine andere erwähnenswerte Schwierigkeit darstellte.

»Ich fahre jetzt gleich mit den Förstern nach Fuenmayor zurück«, sagte er zu seinen Gästen. »Falls deinem Auto etwas passiert sein sollte, Santiago, denk daran, dass meines hinter dem Birkenwäldchen versteckt ist. Nimm die Schlüssel hier und mach dir wegen der Rückgabe keinen Kopf. Ich habe in Logroño noch mehrere Ersatzwagen.«

Und dann fuhr er in dem Landrover der Waldhüter eilig davon. Sein Gesicht, sein letzter Blick, bevor das Auto auf die Erdpiste bog, spiegelte einen Ausdruck grenzenloser Erleichterung wider, so als wäre er ein Häftling, dem zwei Folterer unerbittlich nachgestellt hatten, und der nun zufällig in Freiheit geraten war. Oder ein Typ, der, als ihm das Wasser schon bis zum Hals stand, gerettet wurde.

»Wenn du einverstanden bist«, sagte F. R. zu Santiago Malpás, als sie unter sich waren, »dann schau doch, ob du unter den Trümmern unsere Reisetaschen findest, und ich versuche, die beiden Flaschen des Weinwunders zu bergen, die die Kühe gestern unter sich verschwinden ließen.«

»Gut. Aber ich an deiner Stelle würde den Weinkeller suchen, in dem Modesto die restlichen Flaschen aufbewahrt, denn womöglich liegen da noch viel mehr von denen, abgesehen davon, dass man sie dort leichter findet.«

Wenig später kehrten beide nach erfüllter Mission an den Treffpunkt zurück. Santiago Malpás hatte die aus den Trümmern gezogenen Reisetaschen in der Lücke hinter den Vordersitzen verstaut und die Gelegenheit genutzt, um den Schnee von der Kühlerhaube zu fegen. Als er nun bei Tageslicht sah, was die nach ihrem Aufprall auf die Stallmauer heruntergefallenen Steine und Dachziegel am Blech und am Lack angerichtet hatten, gefror dem Verleger das Blut in den Adern. Ein schwacher Trost war, dass sie nicht mit der Karre von Modesto nach Hause fahren und den Nissan stehen lassen mussten, bis ihn ein Abschleppwagen abholen würde – vorausgesetzt, es gab überhaupt einen Abschleppdienst, der einen solchen Service in diesem abgelegenen Teil der Sierra anbot.

F. R. seinerseits hatte den Hohlraum entdeckt, den Modesto als Weinkeller und Holzspeicher nutzte, und wischte beim Warten auf Santiago Malpás den Staub von fünf Flaschen des Wunderwein, auf dem am vorigen Abend die Kühe herumgetrampelt hatten.

»Zwei Flaschen für jeden von uns, und die fünfte trinken wir jetzt zum Frühstück«, sagte F. R., während er sich auf ein Stück Balken setzte, den er an eine sonnenbeschienene Wand gerückt hatte.

Es stellte sich heraus, dass auch die improvisierte Speisekammer den Einsturz überlebt hatte. In ihr fanden sie einen halben Brotlaib, ein Stück ausgezeichnet aussehenden Schinkens sowie die Flasche des ›Weins Nr. 2‹, den sie am Vorabend dort abgestellt hatten, nun aber dort stehenließen, denn obwohl es sich um einen guten Tropfen handelte, konnte man ihn bei Weitem nicht mit dem vergleichen, den F. R. gerade in das Teleskopglas schenkte.

»Was denkst du über das Ganze?«, fragte Santiago Malpás und zog das wertvolle Messer, das ihm F. R. am Vorabend geliehen hatte, um Wurst und Käse zu schneiden, aus der Tasche.

»Worüber genau?«

»Über Modesto.«

»Dass es ihm ganz recht geschieht. Er ist ein Schwindler.«

»Ich glaube, du machst es dir zu leicht. Ganz so einfach ist es nicht. Diese Frau mag so hinterhältig sein, wie du willst, aber sie ist verdammt schön und hat einen prächtigen Körper. Willst du ernsthaft behaupten, du könntest dich ihren Reizen entziehen?«

»Wahrscheinlich nicht, aber fest steht auch, dass ich mich nie in eine solche Situation begeben hätte wie Modesto – und schon gar nicht wegen Sex.«

»Ich glaube, du vereinfachst schon wieder. Du hast selbst bis vor nicht allzu langer Zeit behauptet, wenn Modesto seine Ehe um jeden Preis zu retten versuche, dann, weil er unheilbar in sie verliebt sei.«

»Und um seine Liebe zu erfüllen, musste er Fallen stellen?«

»Er behauptet steif und fest, dass er schlecht beraten wurde.«

»Wenn man ein echter Gentleman ist – und Modesto Cumba hat sich immer damit gebrüstet, einer zu sein –, dann hält man keinen Ratschlag für gut, der einen dazu anstiftet, sich wie der hinterletzte Depp zu verhalten.«

»Das stimmt. Und wenn du es genau wissen willst, ich neige sogar zu der Annahme, dass María Magdalena sich zu Recht betrogen fühlte, und mir erscheint es sogar fast logisch, dass sie einen Killer beauftragt hat, um diese Schmach zu bereinigen.«

»Ich gehe davon aus, dass ihre Ziele, die vorgeblich mit Liebe zu tun hatten, in Wirklichkeit traurig, unglücklich und eigennützig waren: In der Tat legte sie es darauf an, schwanger zu werden, um so eine Lebensversicherung zu bekommen. Aber wenn du dir vorstellst, wie sie ein ums andere Mal das männliche Zuchttier verführt und sich herausstellt, dass sich das männliche Zuchttier als Vorsichtsmaßnahme sterilisieren ließ, dann verstehst du, dass sie, als sie erfuhr, dass sie mit einem unwiederbringlich unfruchtbaren Mann verheiratet war, von Tausenden von Dämonen befallen wurde und blind vor Wut damit drohte, einen Killer auf ihn anzusetzen.«

»Warum bist du dir so sicher, dass es sich bei dem, was er einen irrigen Rat genannt hat, um die Durchführung einer Vasektomie handelt, mit der er sicherstellen wollte, dass bei ihnen nie der ›Kindereffekt‹ einträte?«

»Wie, ob ich mir sicher bin? Warum sollte sich eine Frau, die sich für nichts zu schade war, sonst so schmählich behandelt fühlen? Eine Frau, die dazu noch so doof ist, sich mit ihrem Liebhaber in flagranti erwischen zu lassen?«

»Wenn man es so sieht ...«

»Aber greif ruhig zu. Ich trinke jetzt schon eine ganze Weile von diesem Wein und kann dir versichern, er ist immer noch ein Traum.«

»Lass mich mal probieren«, sagte Santiago Malpás, griff nach dem Teleskopglas, das ihm F. R. entgegenstreckte, und leerte es in einem Zug.

»Mmmm. Auf nüchternen Magen schmeckt er noch besser, stimmt's?«

»Ach, was bist du bloß für ein sentimentaler Knochen. Ich bin mir sicher, dass du es bedauerst, dass sich Modesto in solch einer schmerzlichen Lage befindet.«

»Natürlich. Obwohl ich keinen Zweifel habe, dass sich die Angelegenheit mit dem Killer von selbst erledigt, sobald er wieder in Logroño ist und seine Schwester Concha die Sache in Angriff nimmt. Aber um die Anziehungskraft, die María Magdalena immer noch auf ihn ausübt, in Würde zu überwinden, wird er noch einige Zeit benötigen.«

»Ein Mann wie Modesto braucht unser Mitleid nicht: erstens, weil er weiß, wie man Weine wie diesen macht, und ihm das Schicksal deshalb immer gnädig gestimmt sein wird. Und zweitens, weil er mit zwei Typen wie uns befreundet ist und sich sicher sein kann, dass wir ihn, so oft er auch ins Fettnäpfchen treten mag, nie im Stich lassen werden.«

»Ist das eine Art Pakt, um ihn nicht der Angst und Verzweiflung anheimfallen zu lassen?«

»Genau. Und stoß mit mir an, um diesen Pakt zu besiegeln – mit dem für diese Gelegenheit wohl geeignetsten Wein.«

»Ja, in der Tat, was für ein Wein. Und so ein außergewöhnlicher Augenblick.«

»Ich hätte jetzt nichts dagegen, eine Zigarre zu rauchen ...«

»Eine ausgezeichnete Idee. Stecken in deinem Beutel noch ein Feuerzeug und eine Zigarrenkiste?«

»In meinem Beutel findet sich immer alles. Es sind zwar keine ›Flor de Camagüey‹ wie bei dir, sondern nur bescheidene ›Davidoff‹ ...«

»Na gib mir schon eine von deinen bescheidenen Davidoff!«

»Hier, mein Freund.«

»Und nun beenden wir zuerst das Früh-
stück und legen uns dann kurz aufs Ohr.
Wegen dem ganzen Trubel haben wir heute
Nacht kein Auge zugetan.«

Und wenig später, nachdem sie die Flasche ohne Etikett geleert und ihre Zigarren
geraucht hatten, schlummerten F. R. und
Santiago Malpás schon friedlich und zuge-
deckt mit dem Mantel und der Lederjacke
unter den wärmenden Strahlen einer Sonne,
die gerade über den Bergen aufging. Und in
ihren Träumen ließen die Kühe, mit denen
sie die Hütte und die Nacht geteilt hatten,
nicht davon ab, sie mit ihren ausdruckslo-
sen Augen anzustarren.

©privat

Javier Fernández de Castro, geboren 1942 in Aranda de
Duero (Burgos), lebt dort seit seinem fünften Lebens-
jahr nicht mehr. Dafür hat er zahlreiche Romane ver-
fasst – und u.a. James Joyce und Ian McEwan aus dem
Englischen übersetzt.

Spanien im *SVLTO*

Javier Fernández de Castro   Die berauschende Wirkung von Bilsenkraut
Ein Pferd, das sich im Glockenstrang der Dorfkirche verheddert, ein Adeliger, der einen Kanal von Spanien bis nach Flandern bauen will, und zwei Motorradfahrer im Rausch des Bilsenkrauts: unverwechselbar Fernández de Castro.
Aus dem Spanischen von Timo Berger
SVLTO. Rotes Leinen. Fadengeheftet. 144 Seiten

Madrid   Eine literarische Einladung
Sie stehen am Rande eines Nervenzusammenbruchs? Dann auf nach Madrid; spanische Schriftsteller führen Sie! Ein großer Teil der Texte erscheint erstmals auf Deutsch.
Herausgegeben von Marco Thomas Bosshard und Juan-Manuel Garcia Serrano
SVLTO. Rotes Leinen. Fadengeheftet. 144 Seiten

Javier Tomeo   Mütter und Söhne
Roman über Monster
Zwei Söhne unterhalten sich über Leben, Beruf und ungeklärte Morde – und im Hintergrund räuspern sich die Mütter.
Aus dem Spanischen von Elke Wehr
SVLTO. Fadengeheftet. Rotes Leinen. 128 Seiten

Juan & Juanita. Spanische Liebesgeschichten
Was ist aus dem guten alten spanischen Macho geworden? Gibt es ihn noch, oder hat sich Don Juan inzwischen in eine Doña Juanita verwandelt? Genauere Antworten darauf gibt dieses *SVLTO*.
Zusammengestellt von Marco Thomas Bosshard
SVLTO. Rotes Leinen. Fadengeheftet. 144 Seiten

Spanische Literatur bei Wagenbach

Juan Marsé   Kalligraphie der Träume
Roman
Das Selbstportrait des Künstlers als junger Mann –
ein Roman über (erste) Liebe(n), Indianer an den
Stränden Arizonas, einen Rattenfänger und eine
gestiefelte Katze.
Aus dem Spanischen von Dagmar Ploetz
Quart*buch*. Gebunden mit Schutzumschlag. 352 Seiten

Juan Marsé   Liebesweisen in Lolitas Club
Roman
Wenn Zwillinge ein und dieselbe Frau
lieben ... Eine raffinierte Dreiecksgeschichte, er-
zählt vom katalanischen Großmeister der spani-
schen Literatur.
Aus dem Spanischen von Dagmar Ploetz
Quart*buch*. Gebunden mit Schutzumschlag. 256 Seiten

Juan Marsé   Der zweisprachige Liebhaber
Roman
Was tun, wenn die eigene Frau fremdgeht? Juan
Marsé gibt in seinem hinreißend komischen Roman
eine Antwort.
Aus dem Spanischen von Hans-Joachim Hartstein
WAT 660. 208 Seiten

Wenn Sie mehr über den Verlag oder seine Bücher wissen
möchten, schreiben Sie uns eine Postkarte
oder E-Mail (mit Anschrift und E-Mail-Adresse).
Wir verschicken immer im Herbst die *Zwiebel*, in der wir Ihnen
unsere neuen Bücher vorstellen. *Kostenlos!*
Verlag Klaus Wagenbach   Emser Straße 40/41   10719 Berlin
www.wagenbach.de

In Erinnerung an einen vorzüglichen Wein
erschien im Herbst 2011 als 182. *SVLTO.*

Die spanische Originalausgabe erschien 2008
unter dem Titel *Delicias y servidumbres del amor*
in der Erzählsammlung *Tres cuentos de otoño* bei
Ediciones B/Bruguera in Barcelona.

2. Auflage 2013

© 2008 Javier Fernández de Castro
© 2011 für die deutsche Ausgabe:
Verlag Klaus Wagenbach,
Emser Str. 40/41, 10719 Berlin
Umschlaggestaltung Julie August unter
Verwendung des Bildes *Schweizer Kuh* von
Pia H. Rosset. Gesetzt aus der Concorde.
Leinen von Ernstmeier, Herford.
Vorsatzmaterial von peyer graphic, Leonberg.
Gedruckt auf chlor- und säurefreiem Papier
(Schleipen) und gebunden bei Kösel, Krugzell.
Printed in Germany. Alle Rechte vorbehalten

ISBN 978 3 8031 1281 1